きみとアイスを半分こ
～傲慢王子な社長と保育士の純愛ロマンセ～

Hikaru Azumi
安曇ひかる

CHARADE BUNKO

Illustration

柳ゆと

CONTENTS

しいのき山保育園の朝は慌ただしい。

「まこちゃんしぇんしぇ、おはよ、ごちゃます」

「ノノちゃん、おはよう。今日も早起きできて偉いね」

母親の腕に抱かれたまま眠そうに目を擦るノノカと、朝のお約束のハイタッチを交わす。

「『ノノカ、今日もまこちゃん先生に会いに行くんでしょ』って言うと、パッと布団から出てくるんです。この子寝起きが悪くて、以前はぐずってばっかりだったんですけど」

まこちゃん先生のおかげです、と母親が微笑《ほほえ》む。秦野真琴《はたのまこと》はちょっと照れながら「光栄です」と、二歳になったばかりのノノカの小さな天使の輪を撫《な》でた。

「まこちゃん先生、今朝《けさ》の体操、どっちにしましょう」

新人保育士の沙織《さおり》が駆け寄ってきた。園児からだけでなく、保護者からも同僚からも「まこちゃん先生」と呼ばれることに、最初は大いなる照れと多少の戸惑いを覚えたが、勤続四年を過ぎ、五年目を迎えた今ではもうすっかり慣れっこだ。

「ちょっと曇ってるけど、朝のうちは大丈夫でしょう。園庭で」

「わかりました。準備します」

毎朝職員園児全員で行う『しいのき山体操』は、晴れた日は園庭で、天候の悪い日はホールですることになっていて、どちらで行うかの判断は朝一番に真琴が下すことになっている。「お願いします」と答えるや、今度は背後から園長の森原登紀子《もりはらときこ》に呼ばれた。

「まこちゃん先生、アツシくんお休みだそうです。昨夜からちょっと咳《せき》が出るって」

「わかりました」

真琴のクラスのアツシは春先になると喘息の症状が出るから、ちょっと心配だ。

「まこちゃんせんせえ、すきアリ！」

一瞬の隙《すき》に、太腿《ふともも》の裏側にタックルを喰《く》らった。年中組のいたずらっ子、圭太《けいた》だ。

「痛てっ。こら、後ろからいきなりは卑怯《ひきょう》だって、この間教えたでしょ？」

「えへへ〜」

「笑ってると、おしおきしちゃうぞ〜、猛烈こちょこちょ攻撃だっ」

両側から挟むように脇腹《わきばら》をこちょこちょすると、圭太は「きゃははは」と身を捩《よじ》って逃げを打った。おしおきをしてもらいたくてちょっかいを出してくることに、真琴はとっくに気づいていている。

しいのき山保育園は、都心から電車で四十分ほどの上原沢《かみはらさわ》市にある。オフィス街へのアクセスがよいため、近隣のマンションには若い家族も多く住んでいて、保育園は毎年定員オーバースレスレだ。園庭の中央には園名の由来にもなった大きな椎《しい》の木がのびのびと枝を広げていて、園児たちは年齢に応じた木登りを楽しむことができる。また園の裏手には宅地開発を逃れた小さな雑木林がこぢんまりとだが残っており、都内の保育園には珍しく日々自然と親しむことができるのも人気のひとつだ。

「まこちゃんせんせえ、今日ってたんけんする日だよね？」

「残念、今日はしない日でーす」

体力を持て余した年中組や年長組の男子たちは、週に一度の『雑木林探検』を心待ちにしている。

「ちぇっ、つまんないの。そうだ！　おれいいこと考えた！」

「いいこと？」

「〝たすうけつ〟にしようよ。たんけんしたい子が多かったらぁ、今日はたんけん！」

圭太は己の名案に目を輝かせているが、そんなことをしたら毎日探検になってしまう。

園児の名案は大抵「迷案」だ。

喧騒《けんそう》の中でどうにかしいのき山体操を終えると、真琴の他《ほか》にただひとりの男性保育士・田嶋《たじま》俊太《しゅんた》が近づいてきた。左右の腕にふたりずつ園児をぶら下げている。

「まこちゃん先生、今日はお散歩、Bコースにしますね」

「OK。任せた」

「いやあ、毎日のことながら、朝はバッタバタですね」

夏でもないのに、俊太は袖口で額の汗を拭《ぬぐ》った。俊太はふたつ年下だが、高校時代サッカーをやっていたというだけあって体幹がしっかりしている。真琴もふたりくらいなら一度に抱けるが、俊太のように四人もの園児を一度に腕にぶら下げることはできない。

ほっそりとした体軀《たいく》にさらりと癖のない黒髪。きれいなアーモンド形の瞳《ひとみ》と小ぶりな口元は、子供の頃から「小動物みたい」だとよく言われた。決して女性っぽいわけではないのに、真琴の容姿は「可愛《かわい》い」と称されることが多い。だから二十四歳になっても「真琴先生」ではなく「まこちゃん先生」なのかもしれない。

「でも先月と比べたら、ずいぶんマシになったと思わないか」

「確かに」

風薫《かお》る五月半ば。次々と園児たちが登園してくる朝のバタバタは、これでもいくらか落ち着いた方だ。新年度の初めは、送ってきた父母の姿が門の外に消えるや、火がついたように泣き出す子が少なくない。なんのためにここへ連れてこられるのか理解できていないのだろう。あっちでもこっちでも泣き声の大合唱だったのだが、子供の順応性というのはバカにできない。日一日と園での生活に慣れ、合唱は小規模化していく。

ところがやれやれやっと泣き声が聞こえなくなったとひと息つく頃、魔のゴールデンウイークがやってくる。長い休みが子供たちの心を四月の状態に戻してしまい、またしてもそこここで大合唱が繰り広げられ——ようやく本当の意味で落ち着くのは、毎年初夏の風が心地よい今頃の時期になるのだ。

——今年もやっと落ち着いたか。

雑木林の緑の香りを胸いっぱいに吸い込みながら、ぐんっと背伸びをしていると、ズボンの膝《ひざ》のあたりをツンツンと引っ張られた。

「ん？　チーちゃん、どうしたの？」

二歳のチエミが、こちらをじっと見上げている。

「まこちゃ、ちぇんちぇ、あのね」

「うんうん。どうしたのかな」

言葉を覚え始めたばかりの舌足らずな話し方に、つい頬《ほお》が緩んでしまう。

「あのね、おじいしゃまね、ちたの」

「お爺《じい》さまが来た？　どこに？」

チエミは「あっち」と園の東側にある小道の方を指さした。正門は園庭のある南側に設けられているが、それとは別に園舎の東側に、出入り業者や来客のために作られた小さな入り口、通称裏門がある。客人はそちらの門へやってきたらしい。

——お爺さまってことは、誰《だれ》かのお祖父《じい》ちゃんかな。

「ピカピカのね、おじいしゃまなの」

「ピカピカ……」

どうやらご老人は頭髪が潔いらしい。

「まこちゃ、ちぇんちぇ、こっちよ」

「はいはい」

チエミに手を引かれ、真琴は裏門へと向かった。すれ違うのがやっとの細い小道の先を曲がった途端、何やら騒がしい声が聞こえてきた。普段はほとんど人のいないその場所が珍しく賑《にぎ》わっている。

一番手前に、相変わらず園児を両腕にぶら下げた俊太の背中が見えた。ぶら下がった園児たちも俊太と同じ方向、つまり裏門のあたりをじっと見ている。その横で沙織とベテラン保育士の喜和子《きわこ》までもが、それぞれ年少組の園児を抱きかかえて、裏門の方をどこかぽーっとした表情で見つめている。

「俊太先生、誰か来たの？」

声をかけると俊太が振り返り「あそこに」と顎《あご》で裏門の方角を指した。

門の内側の狭いスペースに園児たちが群がっている。わいのわいのと騒がしいサークルの真ん中に、ひとりの長身の男性がそびえるように立っているのが見えた。足元の園児たちを困惑したように見下ろすその姿に、真琴は思わず息を呑《の》んだ。

三十歳くらいだろうか。身長は百八十五センチを軽く超えていそうだ。遠目にも上質だとわかる濃紺のスーツが、引きしまった体軀とすらりと長い手足を、これでもかと引き立たせている。ダークブロンドというのだろうか、やや茶色味を帯びた金色の髪が、爽《さわ》やかな五月の日差しにキラキラと輝いていた。

「おじいしゃま、ピカピカね」

チエミが心なしかうっとりと呟《つぶや》いた。

「あ……うん、そうだね」

呆然《ぼうぜん》と頷《うなず》きながら、真琴は先日チエミが折り紙で作ったティアラを頭にのっけていた時のことを思い出した。『おひめしゃま、ピカピカ』とはしゃぐチエミを、年中組の女の子が『チーちゃん、それを言うならキラキラでしょ』とおませな口調で窘《たしな》めていた。

つまりピカピカではなくキラキラ。お爺さまではなく王子さま。

キラキラの王子さまが来た、とチエミは知らせに来たのだ。

「ねぇ、王子さま、名前は？」

王子は鈴なりになった園児たちの質問攻めに遭《あ》っていた。

「私の名前はウタガワリヒト。職業は――」

「知ってる。王子さまでしょ？」

「いや、私は王子ではない」

「ねぇねぇ、王子。どこの国の王子なの？」

「だから私は王子ではないと」

「お姫さまはいる？　もうけっこんした？」

「結婚はしていない。忙しくてそんな暇はない」

生真面目《きまじめ》な気質なのか、王子は園児たちの質問にバカ正直に回答している。キリリと澄んだ瞳の色はダークブラウンだが、肌の色からは若干アジアの血も感じられる。日本語が流ちょうなところを見ると、日本人の血も入っているのかもしれない。

「さあさあ、みんな、お部屋に戻りましょうね」

遠巻きに騒ぎを見ていた園長が、パンパンと手を叩《たた》いた。

「えーやだあ。あたし王子とあそびたい」

「あたしも」

「カレンちゃん、ユウタくんが好きってゆってたじゃん」

「ソノちゃんだって、トモヤくんが好きってゆってたくせに」

年長組の女の子たちが、王子のスーツの裾《すそ》を握ったまま睨《にら》み合いを始めた。

「女子って、すでにこの年齢から女子なんですね」

俊太が呆《あき》れたように呟く。真琴は「だね」と力なく同意する。

「王子さまは園長先生に会いに来たのよ。これから大事なお話があるんだから、みんなは教室にもどってくださーい」

「さくら組さんはお絵かきをしますよ。準備しましょうね」

園長と喜和子のかけ声に、園児たちは「はあい」と名残《なごり》惜しそうに王子の元を離れた。

子供たちがいなくなるのを見計らって、園長がようやく王子に声をかけた。

「こちらへどうぞ」

王子が頷き園長の後に続く。そのやりとりはどこかひややかで、ふたりの顔に笑顔はなかった。

――なんか難しい話なのかな。

園長のあんなに硬い表情を見たのは初めてのことで、真琴は小さな胸騒ぎを覚えた。


給食が終わるとお昼寝の時間だ。園児を寝かしつけ終えた俊太が、真琴の耳元で囁《ささや》いた。

「あの王子、ウタガワ・プランニングの社長みたいですね」

「ウタガワ・プランニングって……あの雅楽川《うたがわ》不動産の関連会社の？」

目を剝《む》く真琴に俊太が頷いた。お茶を出しに行った喜和子が、テーブルの上にウタガワ・プランニングのロゴの入った封筒が置かれているのを見たのだという。

「調べてみたら、ほら」

俊太が差し出したスマホには、『ウタガワ・プランニング株式会社代表取締役社長　雅楽川理人《りひと》』とキャプションがついた、王子の写真が表示されていた。

「社長って、マジか……」

真琴が仰天したのも仕方のないことだった。雅楽川不動産といえば、国内外にその名を轟かせている超大手の不動産デベロッパーで、ウタガワ・プランニングはその子会社だ。子会社とはいっても業界大手の不動産会社だ。

——あの若さで大手企業の社長なのか。

「雅楽川不動産の現社長の息子《むすこ》みたいですね。まあある意味王子さまには違いないですね」

スマホをポケットにねじ込み、俊太が肩を竦《すく》めた。

「そんな殿上人が、一体ここに何しに来たんでしょうね」

「……さあ」

理人はまだ園長室から出てこない。昼食もとらず何時間も、園長と何を話しているのだろう。さっきの雰囲気から察するに、あまり楽しい話ではなさそうだ。真琴が眉根《まゆね》を寄せた時、廊下から荷物を抱えた喜和子が顔を出した。

「まこちゃん先生。申し訳ないんだけど園長室のお茶、取り替えてもらえるかしら。ちょっと手が離せなくて」

「はい。すぐに行きます」

「話が長引いてるみたいだから、コーヒーの方がいいかも」

「わかりました」

真琴は園児たちを俊太に頼み、給湯室へと向かった。

コーヒーを運んでいくと、園長室の空気は想像していた以上に重かった。応接セットに理人と向かい合って座った園長は、腕組みこそしていないがあからさまな拒絶のオーラを漂わせていた。ふたりとも押し黙ったまま微動だにしない。

「どうぞ」

張り詰めた空気を震わすように、理人の前にコーヒーを置いた。

「ありがとう」

呟くその瞳は、テーブルに開かれた分厚いファイルに落とされたままだ。園長の前にも同じサイズのファイルが置かれている。タイトルは『上原沢ショッピングパーク建設計画』。

──近くにショッピングモールでもできるのかな。

なんの気なしに覗《のぞ》き込んだ真琴は、資料に綴《つづ》られたいくつかの文言にハッとした。再開発プロジェクト。リノベーション計画。そして買収予定地。

──まさか。

息を呑んだまま顔を上げ、園長と理人を交互に見やる。

「先ほども申し上げましたが、中心となる商業施設の中に託児所を設置する予定ですので問題はないかと」

ベルベットのような艶やかな声が、重苦しい沈黙を破った。

「保育園と託児所を一緒にされては困ります」

園長がひややかに答える。

「昨今の保育園不足は雅楽川さんもご存じでしょう。保育園がひとつなくなるということは、地域にとって大問題なんです」

——なくなる？　しいのき山保育園が？

思考が止まる。

「それについては資料の五十八ページをご覧ください」

理人がその長い指で目の前の資料を捲《めく》った。

「この地区には五棟のファミリー向けマンションがありますが、未就学児の数は年々減少傾向にあります。わが社の試算によりますと十年以内に現在の三分の二にまで減少します」

澱《よど》みない理人の声が真琴の心をぐらぐらと揺さぶる。早くこの部屋を出るべきだと頭ではわかっているのに足が動かない。

「だから保育園のひとつくらい潰《つぶ》してもいいとおっしゃるんですか？」

「そうは申しておりません」

「ではこの園を残していただけるのですね？」

朝から何度も同じ会話が交わされていたのだろう、理人はわずかに口元を歪《ゆが》め「ですから」と小さなため息をついた。

「先ほどから申し上げております通り、雑木林を含むこちらの保育園の敷地面積は施設予定地の八分の一ほどになります。こちらを含めないとなると計画自体が頓挫する可能性が――」

「それはそちらのご都合でしょう」

園長が言い放った。取りつく島のない態度に、理人はまた小さく嘆息し、真琴の持ってきたコーヒーに口をつけた。

「では百歩譲って、商業施設内にこちらの園を移転するという案はいかがでしょうか。預かるのは施設の従業員の子供たちが中心になると思いますが、今のように林を背面にしているよりは、セキュリティ的にもずっと安心で便利――」

「お断りします！」

しまったと思った時には、台詞《せりふ》が喉《のど》から飛び出していた。コーヒーカップを手にしたまま、理人がぽかんとこちらを見上げる。

「えーと、きみは……？」

「保育士の秦野真琴です。さっきからお話を伺《うかが》っていましたが、いくらなんでも一方的すぎるんじゃないですか？」

園長が「秦野先生」と窘めるのが聞こえたけれど、真琴の怒りは鎮まらない。

「園庭をご覧になりましたか？」

真琴の問いかけに、理人が「ああ、一応」と頷く。

「真ん中に大きな木がありますよね。園名の由来になった椎の木です。ほとんどの園児たちは卒園までに、結構な高さまで登ることができるようになります」

全員ではないが、子供たちは木登りが大好きだ。強制したわけでもないのに晴れた日には椎の木の前に木登り志願者の列ができる。もちろん安全対策は万全で、椎の木の下にはクッション代わりのウッドチップを敷き詰め、保育士がつき添えない時間には一番下の枝に『のぼらないでね（しいのき）』と書かれた札を下げるようにしている。園児たちにも約束を徹底しているので、大きな事故が起きたことはこれまで一度もない。

「半分以上の子が、卒園までに五本目の枝まで登れるようになります。おれは四本目までしか登れないで卒園でしたけど、それでも毎日一生懸命あの椎の木に登ったことは、今も大事な思い出です」

「きみも、ここの卒園生なのか」

真琴は「はい」と深く頷いた。

『えんちょーせんせー、のぼれたー！』

『わあ、まこちゃん、とうとう四本目に登れたね。頑張ったねえ』

満面の笑みで褒めてくれたのは、今より二十歳ほど若い森原園長だ。多少皺《しわ》は増えたけれど、園児への愛情と保育への情熱は当時と何も変わらない。保育士になろうと決めたのも、就職先にしいのき山保育園を選んだのも、あの日の園長のお日さまみたいに温かい笑顔が忘れられなかったからだ。

「しいのき保育園という名前は残して構わないですよ」

「しいのき山保育園です」

じろりと睨み下ろしたが、理人は「失礼」と反省の欠片《かけら》も見せない。

「名前だけ残したって意味ないでしょう。商業施設の中に入れたりしたら、木登りも雑木林探検もできなくなります。しいのき山保育園じゃなくなります」

「木登りや探検が、そんなに大事――」

「大事に決まってるじゃないですか！」

二度目の叫びに、理人はまたぽかんと口を開き、ゆっくりと瞬《まばた》きを繰り返した。

「社長だか王子だか知りませんが、仮にも買収しようっていうなら、もうちょっとこの園のことを調べてもらいたいです。そうすれば今みたいな発言は絶対に――」

次第にヒートアップする真琴を、園長が「まあまあ、秦野先生、落ち着いて」と遮った。

何をどうすれば落ち着けるのか教えてほしい。

突如現れて大噴火した真琴を宥《なだ》めつつ、園長は呆気に取られる理人に「ひとまず今日のところはお引き取りください」と促した。気づけばすでにお昼寝タイムが終わり、年長組の子供たちが園庭で遊び始めている。

窓の外に目をやった理人は「わかりました」と資料を畳み、ソファーから立ち上がった。

——うわ。

いきなり間近で見下ろされる形になり、真琴はぎょっと身を竦ませた。

異国の風を感じる艶やかなブロンドの髪。非の打ちどころのないほど整った顔立ち。モデルばりにすらりと長い手足。でもって大企業の社長だというのだから腹の立つ要素しかない。

——いっそ俳優にでもなればいいんだ。

理人が園長室を出ていく。王子の風格の漂う背中を睨みつけながらふと見ると、隣を歩く園長がどこか寂しげな様子で園庭の子供たちを見つめていた。

「あの……おれ、すみませんでした。余計なことを」

園の土地が買収されるかもしれないという重大な事態なのだ。一保育士の自分が口を出すような問題ではない。しょんぼり項垂《うなだ》れる真琴にしかし、園長は小さく笑ってみせた。

「嬉《うれ》しかったわ。まこちゃん先生があんなふうに怒ってくれて、勇気百倍よ。ありがとう」

「……園長先生」

「大丈夫。しいのき山保育園は何があっても渡しません。命を懸けて守ります」

御年六十二歳とは思えない力強い呟きに、真琴も深く頷いた。

「おれも全力で守ります。園と、あの子たちを」

決意の拳《こぶし》を握りしめる真琴に、園長は優しい皺の刻まれた眦《まなじり》を下げた。

「泣き虫だったあのまこちゃんが、こんなに逞《たくま》しい頼れる先生になるなんてねえ。これだから保育士は辞められないのよ」

「園長先生、それは言わない約束ですよ」

幼い頃のあれこれを持ち出されると、うずうずするような恥かしさが込み上げてくる。園児たちの前では口にしない園長だが、ふたりきりになると時折こうして昔話を始めるから困ってしまう。

「泣き虫だけど、正義感の強い優しい男の子だったわ。三つ子の魂百までって本当なのね」

「もう、勘弁してください」

苦笑交じりに肩を竦めると、来客用玄関で靴を履き終えた理人が立ち上がった。

「今日は突然伺った上にお時間を取らせてしまい、申し訳ありませんでした。また日をあらためまして正式にお伺いいたします」

丁寧に一礼する理人に、園長は無言で小さな会釈を返した。狭い裏口を窮屈そうに出ていく理人を見送った後、真琴は園長を振り返った。

「ひとりで来たんですか？　あの人」

「ええ。個人的に視察をしたいって、一昨日《おととい》連絡をもらって」

「そうだったんですか」

「園児に気づかれないように、こっそり入ってきたつもりだったみたいだけど」

「無理ですね。あの見た目でこっそりは」

ちょっと外を歩いただけでも目立ちまくりだろう。ちょっぴり気の毒になって笑いを噛《か》み殺していると、園庭の方から「きゃあ」と誰かの悲鳴が聞こえてきた。思わず園長と顔を見合わせる。

「沙織先生ね」

「行ってみましょう」

答えるより先に廊下を走り出した。最寄《もよ》りの教室を通って園庭に出ると、今朝と同じように園児たちの輪ができていた。中心にはまた理人の姿が。

――なんであの人が園庭にいるんだ。

どうやら理人は真っ直《す》ぐ裏門を出ず、園庭に回ったらしい。

「わあ、王子さま、だいじょうぶ？」

「王子、どろんこ」

園児たちの騒ぐ声に混じって「申し訳ありません」という沙織の上擦《うわず》った声が聞こえる。

——泥んこ?

真琴が首を傾《かし》げた時、こちらに背中を向けていた理人がゆっくりと振り返った。

思わず「うわっ」と声を出してしまったのは、光り輝く王子のブロンドヘアに、べったりと茶色い泥がついていたからだ。周囲には泥団子を手にした園児たちがちらほらと。

「も、申し訳ありません!」

真琴はスニーカーをつま先で引っかけて、園庭の真ん中に呆然と立ち尽くしている理人の元へ走る。招かれざる客ではあるが、泥団子をぶつけるのはさすがにマズイ。

「すみません! 大丈夫ですか——うわあっ」

慌てたからだろう、理人まであと数歩というところで泥に足を取られた。しまったと思う間もなく、前のめりに勢いづいた真琴の身体《からだ》は、制御不能のまま理人に向かって突っ込んでいく。

——避《よ》けて!

祈りながら真琴はぎゅっと目を閉じた。園児の泥団子に続いて保育士が体当たりだなんてシャレにならないと、瞬時に考えを巡らせていると、身体がふわりと宙に浮いた。

——へっ……?

激突は避けられたようだが、なんだか感覚がおかしい。恐る恐る目を開いた真琴は、驚きのあまりぎょっと目を見開いた。

「なっ……」

ほんの一、二秒の間に、真琴は理人の腕の中にいた。いわゆるお姫さま抱っこだ。目の前に王子然とした理人の顔がある。距離にして十五センチほどだろうか、長い睫毛《まつげ》の一本一本までよく見えて、急に心臓がバクバクし始めた。

「な、何してるんですかっ」

動揺のあまり声が上擦る。

「私が避けたら、きみは泥の中に突っ込むことになった」

確かにその通りだが、何も抱き上げることはないだろうに。

「ありがとうございました。と、とりあえず下ろしていただけますか」

園児たちが遠巻きにこちらを見ている。

「わあ、まこちゃんせんせえ、王子さまにだっこされてる」

「おひめさまみたいだね」

女の子たちの囁きが聞こえてきて、恥ずかしすぎて顔から火が出そうになる。

「はっ、早く下ろしてください」

「下ろすのは構わないが、靴下が汚れるぞ。いいのか」

理人がクスクス笑っている。「え?」と自分の足先に目にやると、なぜだか左足だけ靴を履いていない。足先に引っかけていたスニーカーは、三メートルほど後方に転がってい

た。

「なかなか堂に入ったダイビングだった」
笑みを湛《たた》えたまま、理人は真琴を園舎の昇降口まで運んでくれた。園児たちに交じって俊太と沙織が必死に笑いを噛み殺しているのが見えた。

――いたたまれない……。

真琴は耳まで赤くして「すみません」と消え入りそうな声で呟いた。

「あの、バスタオルと着替え、ここに置いておきますね」
浴室に向かって声をかけると、シャワーの音に混じって「ああ、ありがとう」という返事が聞こえた。狭い脱衣所から居間へ戻ると、我知らずふーっと長いため息が出た。

「なんでこんなことになったんだ……」

園までは自転車で五分。築三十年、六畳一間の賃貸アパートの一室が真琴の住処《すみか》だ。シンクに置かれたマグカップも、居間の片隅に脱ぎ捨てられたパジャマ代わりのTシャツも今朝出た時のままなのに、住み慣れた部屋には今、時ならぬ緊張感が漂っている。

園舎を出た理人はなぜかそのまま裏門を出ずに園庭へと回った。折しも園庭では園児たちが泥んこ遊びに興じていた。砂でも土でも泥でも、しいのき山保育園では自然に触れることを禁じない。子供たちの好きなように遊ばせる方針だ。

この日も園児たちは、昨日の雨であちこちにできた水溜《みずた》まりで、せっせと泥団子を作っていた。当然のように始まった泥団子合戦に、理人はまんまと巻き込まれたというわけだ。しかも一発だけではなかった。水分量多めの泥団子を側頭部にひとつ、背中にひとつ、足にひとつ、計三発も被弾し、全身泥《どろ》まみれになっていたのだ。

お忍びとはいえ、てっきり近くに車を待たせているのかと思ったが、理人は秘書も同行させず単身ハイヤーで来園していた。当然着替えの用意などあろうはずもない。連絡を受けた秘書が取り急ぎ迎えに来ることになったが、小一時間ほどかかるという。

大企業の社長を泥だらけのまま一時間も放置するわけにはいかない。おまけに園には子供用の小さなシャワー室しかない。諸事情を考慮した結果、ひとまず園から一番近くに住んでいる真琴のアパートに連れていき、シャワーを浴びてもらうことになったのだ。

泥に塗れた王子と愛車のチャリで望まぬ二ケツをし、謝罪の言葉を繰り返しながら、自宅の一〇二号室に戻ったのが今から二十分ほど前のことだった。

「そもそもなんで園庭に回ったりしたんだ、王子は」

真っ直ぐ裏門から帰ってくれていたら、こんな面倒なことにはならなかったのに。すっ転びそうになったのを助けてもらったことを棚に上げ、ぶつくさ言いながらベッド脇に放置されたTシャツを丸めていると、浴室の折り戸が開く音がした。

「ああ、さっぱりした」

長いシャワーだった。「ここは王宮じゃありませんよ」と小さく毒づいたが、口にできる立場ではないことは重々承知している。

「着替えのサイズ、小さくてすみません」

身長百七十センチそこそこの真琴の部屋に、理人サイズの服などあろうはずもなく、どうしたものかと途方に暮れたが、ふと以前サッカー好きの俊太からもらったレプリカのユニフォームがあったことを思い出した。ヨーロッパの有名クラブチームのそれは未使用な上にLサイズだ。長身の理人にはLサイズでも小さいだろうが、背に腹は代えられない。

「秘書さんがいらっしゃるまで、ちょっとだけ我慢してくださ――うわあっ」

しゃべりながらゆっくりと振り返った真琴は、超高速で百八十度ターンした。用意しておいたユニフォームを、理人はまだ身につけていなかったのだ。腰にバスタオルを巻いただけのあられもない姿に、真琴は激しく鼓動を乱した。

「は、早く着てください」

盛り上がった胸筋に割れた腹筋。スーツを着ていても素晴らしい体軀だとわかったが、脱いだらもっとすごかった。ギリシャ彫刻のように見事な裸体を直視できず、真琴は壁に視線をうろつかせる。さっきお姫さま抱っこをされた時に感じた、理人の筋肉のうごめきがリアルに蘇《よみがえ》ってしまう。

「身体がまだ完全に乾いていない。いつも風呂上がりは、バスローブでミネラルウォータ

ーを――」

「バスローブはありませんが、ミネラルウォーターならあります」

被《かぶ》せ気味に答え、冷蔵庫へ飛んでいってペットボトルを取り出した。視線を逸《そ》らしたまま「どうぞ」と手渡すと、王子は遠慮の欠片もなく受け取ったものの、キャップを捻《ひね》ろうともせずキッチンをキョロキョロ見回している。

「ああ、グラスですね。気が利かなくてすみませんね」

上流階級の人間は、ボトルに直接口をつけるなどという下品な飲み方をしたことがないのだろう。そして精一杯の嫌味も通じない。

――あー、面倒くさ。

急いでグラスを取り出そうと食器棚に手を突っ込んだのだが、摑《つか》み損ねて床に落としてしまった。板張りのふりをしたクッションフロアにゴロンと転がったグラスは、幸い割れることはなかった。それなのに理人は北欧の湖のように美しく澄んだ瞳をこれでもかと見開いて固まっている。

「すみません。洗います」

「いや……」

理人はなぜかいつまでも真琴の手元のグラスを凝視している。確かにきれいとは言い難《がた》い床だが、一応定期的に掃除はしているのに。真琴はハッと尖《とが》ったため息をついた。

「見張っていなくても大丈夫ですよ。ちゃんときれいに洗いますからご心配なく」

「そうじゃないんだ。つかぬことを訊《き》くが、そのグラスはどこのブランドの品だろう」

「へ？　これですか？」

真琴はきょとんとして顔を上げた。

「床に落としても割れないなんて、素晴らしい品質だ。丸越《まるこし》デパートで買えるだろうか」

「丸越デパートにはないと思います。ブランドっていうかこれ、普通に百均のですけど」

「フツーニヒャッキン……聞いたことのないブランドだ」

思わず「嫌味ですか？」と突っ込みそうになる。口にこそ出さないが、どうせこの部屋のことも「こんな狭いところによく住んでいられるな。うちのクローゼットとさして広さが変わらない」とかなんとか思っているに違いない。いや絶対に思っている。

「百円ショップなんて、雅楽川さんは行かれたことないんでしょうね」

「なんだ、百均というのは百円ショップのことか。行ったことはないが知っている。なんでも略すのは最近の嘆かわしい文化だ」

はいはいすみませんでしたと腹の中で舌打ちをしながらも、最寄りの百円ショップの場所を教えてやった。

「ありがとう。私は仕事のことを考え始めると手元がおろそかになる悪い癖があって、時折グラスを落としてしまうんだ。今月だけでバカラのグラスを三つも割ってしまって、さすがに秘書に嫌味を言われたよ」

　バカラ。それこそ実物を見たことはないけれど、ブランド名くらいは聞いたことがある。高級グラスがひとつおいくらなのかは知らないが、おそらく今洗っているグラス百個分以上の値段だろう。秘書に同情する。

「お高いグラスでも、床に落としたらやっぱり割れるんですね」

　布巾《ふきん》で拭き上げたグラスにミネラルウォーターを注いで手渡すと、理人は「ありがとう」と受け取った。そしてこれもまた美術彫刻のようになだらかな喉をごくごくと上下させて飲み干した後、こう言った。

「うちのマンションは床が大理石だからな。割れやすいんだ」

「…………」

　理人は「ご馳走《ちそう》さま」と微笑んだ。映画のワンシーンのような完璧《かんぺき》な笑顔に、真琴は完全に戦意を喪失し、差し出された空のグラスを黙って受け取ったのだった。

「あの、さっきのこと、本当に申し訳ありませんでした」

　ようやく着替えを身につけた理人に、真琴はあらためて謝罪をした。自転車をこぎながら何度も謝ったが、もう一度きちんと謝罪しておきたかった。

「保育園にお客さんなんて滅多に来ないので、子供たちみんな興奮しちゃったみたいで、本当にすみませんでした」

「気に病むことはない。私は怪我《けが》をしたわけではないし、結果としてこうして短時間のうちにシャワーを浴びることもできたんだから」

王子社長は心が広いらしく、まったく腹を立てていない様子だった。レプリカのユニフォームは幸い大きめに作られていたらしく、本物のサッカー選手さながらの理人の体躯をこれでもかと引き立てていた。このまま商店街を歩いたら、あちこちでサインを求められるに違いない。

「泥団子をぶつけた子たちは、後できちんと叱《しか》っておきます」

「いや、さっきのことは私が悪い」

「え？」

「私としたことが、子供という生き物が、チンパンジー以下の知能だということを失念して、必要以上に近づいてしまった」

「チン……」

「あれは確か五歳になったばかりの頃だった。社会勉強のために初めて動物園へ行ったのだが、檻《おり》の中のチンパンジーが私に向かって、あろうことか排泄物《はいせつぶつ》を……固形の方の排泄物を投げつけてきたんだ」

うんちとかうんことか、保育園では日々飛び交っている単語を、意地でも口に出したくないらしい。

「最悪の事態こそ免れたが、以来私は動物園では檻との距離を十分に取るよう気をつけていたのに、今日に限ってすっかり忘れていた」

「えっと……」

保育園は動物園ではないし、園児たちはチンパンジーではない。どこからどう突っ込めばいいのか、言いたいことがありすぎて逆に言葉が出てこない。

「どうして真っ直ぐ門を出られず、園庭に向かわれたんですか」

「懐かしくなったんだ。動物園なんてもう何年も行っていないからな。子供は苦手だから遠巻きに観察しようと思っていたんだが、うっかりひとりに見つかってしまった。そうしたらもう、あっちからもこっちからもうじゃうじゃと寄ってこられて、参った」

悪気のない口調に、真琴はあんぐりと口を開いたまま固まった。どうやらこの上から目線は無自覚天然の産物らしい。真琴は軽い目眩《めまい》を覚え、ふるふると頭を振った。

「ところで、えー……まこちゃん先生、だったかな」

「はっ？」

いつの間にまこちゃんと呼ばれるほど親しくなったのだろう。鋭く眉根を寄せてみせるが、理人は意に介さない。

「すまない。普段は一度聞いた名前は忘れないんだが、泥団子の衝撃で忘れてしまった」

「秦野真琴です」

「そうそう、そうだった。ところで真琴くん」

なぜ苗字《みょうじ》ではなく名前呼びなのかと思ったが、もう突っ込む気力もなかった。

「きみ、私の秘書にならないか？」

「はあ？」

からかっているのかふざけているのか。思い切り訝《いぶか》る真琴に向かって、理人は真顔で語り始めた。

「午前中、園長と話をしながら時々園庭の様子を見ていたんだが、きみのオペレーションは非常に優秀だった」

「オペレーション？」

「四方八方から複数の園児に話しかけられ、それぞれに的確な返答をする。同時に股間《こかん》を押さえてもじもじする男児を見つけ、一瞬で尿意を催しているのだと判断し、目にもとまらぬ速さで彼を小脇に抱え、トイレへと連行した。走りながらぶらんこの列に横入りした男児を窘めることも忘れない——実に完璧なオペレーションだった。感動した」

興奮気味に理人が語る。褒められているはずなのに、なぜかちっとも嬉しくない。

「きみのような有能な人物が、あんなところで埋もれているなんて、実にもったいない」

「あんなところ？」

「毎日毎日、チンパ……言葉も理屈も通じない子供の相手をして、何が楽しい？」

頭の中で、カチンと音がした。

「楽しかったら悪いですか」

「悪くはないが、やりがいがないだろう。こういう言い方をしてはアレだが、給料だって飼育員の何倍も」

「保育士です」

「ああ、すまない。保育士の何倍も――」

「お断りしますっ！」

限界だった。バンッ、とテーブルに手をつき、真琴は本日三度目の怒声を放った。

「どんな仕事にやりがいを感じるかは、人それぞれでしょう。自分の物差しだけが正しいと思わないでください！」

真琴の剣幕に、理人はまたしても大きく目を見開いて固まった。

「やりがい？　ありますよ。あるに決まってるじゃないですか。むしろやりがいしかありません。あなたにとってはチンパンジー以下かもしれませんが、おれにとってあの子たちは無限の可能性と未来を持った宝です。大企業の社長さんにとっては、保育士なんて毎日子供をトイレに連れていくだけの、くだらない、下等な仕事かもしれませんけど」

「そこまでは言っていない」

「ほーら」と真琴は鼻白む。

「そうは言っていない、じゃなくて、そこまでは言っていない。つまり多少はそう思っていたってことですよね」

鋭い突っ込みに、理人はぐうっと押し黙った。

「確かに給料は安い上に激務です。時には汚れ仕事もあります。けどおれは保育士になりたくてなったんです。でもってこの仕事に誇りを持っています。あなたがどんなに崇高なお仕事をされているか知りませんが、札束でほっぺたを引っ叩《ぱた》けば、誰でも言うことを聞くと思わないでください」

「私は――」

理人が何か言い返そうとした時、玄関のチャイムが鳴った。

「真琴くん、何か誤解があるようだが――」

「誤解なんてないと思います」

引き続き何か言いたそうな理人を無視し、真琴はスタスタと玄関に向かった。ドアを開くと、白髪交じりの小柄な男性が立っていた。

「ウタガワ・プランニングの潮田《しおた》と申します。弊社の雅楽川がお世話になっているのはこちらのお宅でしょうか」

物腰がマシュマロのように柔らかい。泥団子の一件は理人から聞いているだろうに、その目元にはなんとも優しげな皺が刻まれている。

「しいのき山保育園の秦野と申します。このたびは雅楽川さんに大変失礼なことをしてしまい、本当に申し訳ありませんでした」

真琴が頭を下げていると、「潮田。早かったな」と奥の六畳間から理人が出てきた。ユニフォーム姿の理人に、潮田は一瞬小さく目を見開いたが、すぐに何事もなかったように目礼し、真琴の方を振り向いた。

「お借りした服はクリーニングに出して、近日中にお返しいたしますので、今日のところはこのまま拝借してもよろしいでしょうか」

見ればアパート脇の狭い路上に、黒のセダンがハザードランプをつけたまま停《と》まっている。着替えるより先に車を出さないといけないと判断したのだろう。

「返却していただかなくて結構です」

ちょっと冷たい言い方だったかなと思ったが、潮田は気に留める様子もなく「恐縮です」とだけ答え、深々と一礼した。頭のネジが二、三本ぶっ飛んだ王子社長とは対照的に、秘書の方は極めて常識的な人間のようだ。

奇跡的に泥団子の被弾を免れたピカピカの革靴に、理人が足を突っ込む。サッカーのユニフォームに黒い革靴というちぐはぐな姿がおかしくて、思わず頬が引き攣《つ》った。潮田も同じように頬をひくひくさせていて、ちょっぴり心が和んだ。

ふたりが玄関を出ていくのを見送り、ドアを閉めようとすると、通路の途中で理人が振り返った。

「真琴くん、さっきの話なんだが……」

「お誘いいただいたお話なら、はっきりとお断りしたはずですが」

眉根を寄せる真琴に、理人は「その話ではなく」と首を振った。

「保育園を商業施設の中に入れるという件だ。説明が足りなかった上に、少々唐突だったかもしれない。それと園の名前を間違えたことも失礼だった。すまなかった」

長身の理人が小さく頭を下げた。予期せぬ行動に、真琴は「えっ」と目を瞬かせる。

「決して思いつきで提案したわけではないんだ。案はまとめてある。社に戻って再度検討した上でぜひもう一度――」

そんなことをここで言われても困る。次第に熱を帯びてくる理人を、真琴は「あの」と遮った。

「そのお話でしたら園長にしてください。おれにはなんの権限もありませんから」

少なくともボロアパートの通路で話すような内容ではない。

「しかしきみはさっき、私に向かって『断る』と啖呵《たんか》を切った」

「個人的な気持ちを言っただけです。おれはしいのき山保育園を守りますよ。命を懸けてでもね。園長も他の保育士たちも園児も保護者も、みんなおれと同じ気持ちだと思います」

敵意を込めてきつく睨みつけた。理人も視線を外さない。互いに目を逸らすことなく、しばらくそのまま睨み合っていた。

「社長、そろそろお時間が」

潮田に促され、理人はようやく踵《きびす》を返した。ふたたび一礼する潮田に会釈をし、真琴は玄関のドアを閉めた。

「くそっ。超ムカつく」

キッチンの調味料コーナーに手を伸ばし、塩の瓶を摑んだ。勢いに任せて蓋を開け、手のひらいっぱいに塩を握り、玄関ドアに向かって叩きつけようとしたのだが……。

今さっき目にした妙に形のいい旋毛《つむじ》が脳裏に浮かんだ。

――頭を下げることがあるんだな、あの人も。

意外すぎて一瞬拍子抜けしてしまった。世にも偉そうな王子の辞書にも「謝罪」という言葉は存在したらしい。

『フツーニヒャッキン……聞いたことのないブランドだ』

まったくもってふざけてなどいない、真剣な口調だった。高級グラスを平気で月に何個も割るような人間だ。食器から消耗品に至るまで百均の商品にお世話になっている自分とは、住む世界が違う。腹を立てるだけ無駄だ。塩がもったいない。

真琴は振り上げた拳を下ろし、撒《ま》こうとした塩を瓶に戻した。

「でも、やっぱりムカつく」

ドスドスと足音をたてて居間に戻る。姿はもうないのに、まるでまだそこに座っているかのような濃厚な理人の気配が残っている。

恐ろしく長い手足、風に靡《なび》くダークブロンドの髪、澄んだ瞳の色、美しさを極めようと採寸でもしたかのように整った目鼻立ち——。スクリーン越しなら歓迎すべき出会いだっただろう。真琴の恋愛対象は同性だから、なんて素敵な俳優なんだろうと頬のひとつも染めたかもしれない。

けれど理人は芸能人ではない。大切なしいのき山保育園を潰そうと企てている敵なのだ。

「見た目はキラキラでも、性格最悪だし」

泥団子をぶつけてしまったことは申し訳ないと思うけれど、それにしたって可愛い園児たちをチンパンジー扱いするなんて、絶対に許さない。一刻も早く理人の気配を消し去るべく、真琴は開け放った窓に向かって座布団をぱたぱたと振り回し続けた。

＊＊＊＊＊

「お断りします……か」

嵌《は》め殺しの窓から下界を見下ろしながら、理人はその口元をふっと緩ませた。

林立するビル群。ミニカーのような車列。四十八階の窓から覗く街並みはいつもと何ひとつ変わらないはずなのに、なぜだろう不思議に気分が高揚している。

「何かおっしゃいましたか？」

小さな呟きが耳に届いたのか、応接セットの向こうから潮田が尋ねた。

「いや、なんでもない」

「にしては」と言いかけて、有能な秘書は続く言葉を呑み込んだ。

「にしては？」

「いえ。何やら楽しそうにお見受けいたしましたので」

「楽しそう？」

潮田は「いえ、申し訳ありません」と背中を向けた。再開発事業の土地買収が難航しているのに楽しいはずありませんよね、申し訳ありません――そんな意味合いだろう。

潮田は元々理人の父・将邦《まさくに》の秘書だった。目端が利く上に余計な口を挟むことをしない、極めて有能な右腕だ。今年で六十歳になるというが、衰えはまったく見えない。

――楽しいのか……私は？

自問してみてもよくわからない。ただ眦《つ》を吊り上げたあの青年の顔が脳裏に浮かぶたび、覚えのない感情が湧《わ》き上がってくる。胸の奥が熱くなるような、甘く痛むような、ざわつくような、形容し難い感覚だ。

――園児たちに向ける笑顔とは対照的だったな。

勤め先の保育園の土地が買収されるというのは、それほどまでに衝撃的なことなのだろうか。保育士資格はれっきとした国家資格だし、昨今の保育士不足も認識している。かつて自分が通っていた園だからというノスタルジーを加味しても、あれほどまでに抵抗する意味がわからない。

――親の仇《かたき》でも見るような目だった。

現在将邦が社長を務める大手デベロッパー・雅楽川不動産は、理人の曾祖父が興した会社で、代々雅楽川一族が経営を担ってきた。だから理人が二十六歳の若さで子会社であるウタガワ・プランニングの代表取締役に任命された時も、反対する社員はいなかった。少なくとも表面上は。

以来およそ四年間、完全なやっかみ以外の不満は聞こえてこない。面と向かって異議を唱える気概のある部下がいないだけなのかもしれないが、文句のつけようのない会社運営をしている自負はある。

中でも『上原沢ショッピングパーク』の建設事業は、理人が社長就任以来手がけてきた数々の案件の中でもかなり大規模な部類に入り、事実上の指揮を理人自身が執っている。

商業施設『プレミアム上原沢パーク』とジョギングコースやサイクリングロードなどを配した『上原沢公園』、公園の緑を一望できる『上原沢ホテル』で構成されるそれは、完成すれば関東エリア有数の巨大商業施設となる。

都心へのアクセスのよさに反し、どことなく時代に取り残された感の強い上原沢駅周辺の区画整備と連動して、駅前公園の区域変更が行われることになったのが二年前のことだった。翌年公募型プロポーザルによってウタガワ・プランニングが事業者に決定。昨年秋にようやく基本協定が締結され、事業が動き出した。

再開発事業において、すんなりと住民の理解が得られる例は少ない。その土地で暮らす者、仕事をする者、ただ土地を有しているだけの者、立場は様々だが大なり小なり土地への思い入れがあるものだ。だから揉《も》める。揉めて当然なのだ。

揉めごとを最も効率的かつ後腐れなく解決するもの。それが札束だ。きれいごとだけで成り立つ仕事など、この世にありはしない。

『札束でほっぺたを引っ叩けば、誰でも言うことを聞くと思わないでください』

苦いものが込み上げてくるけれど、同時に不思議な爽快感も覚える。見た目はぽやんとした優男のようだが、思いのほか骨のある青年だった。

「まったく言いたいことを言ってくれる」

「はい？　なんでしょうか」

小さな呟きに、また潮田が反応した。地獄耳というやつだ。

「潮田の目に、私はどう映っている」

突然の問いかけに、ファイルの束を抱えたまま潮田がきょとんと首を傾げた。

「私は、人を札束で引っ叩いて言うことを聞かせようとしているように見えるか？」

何かしら否定的な返答を期待していたわけではない。しかしあからさまに動揺を見せた潮田に、理人は内心うろたえた。

「見えるのか」

「いえ……」

「視線を逸らしただろう」

「いえ、引っ叩く、というほどでは」

潮田は視線を合わそうとしない。どうやら真琴だけでなく潮田の目にも、自分は「札束でほっぺたを引っ叩く」に近いやり方をしているように映っているらしい。

「恐れながら申し上げれば、将邦社長はよく『百の慰めより明日の生活費』とおっしゃっておられました。お立場上、時として資金力にモノを言わせることも致し方ないことかと」

「そんなことはわかっている」

窓の外に視線を戻す。潮田はそれ以上何も言わず「午後の役員会議は十三時三十分からです」と言い残し、社長室を出ていった。

「資金力にモノを言わせる、か」

体よく言い換えただけで、札束で引っ叩くのと意味は同じだ。理人は短く嘆息する。

実はしいのき山保育園の買収については、小さな子供を持つ社員を中心に、反対の声もちらほら上がっていた。

『子供たちにとって保育園とか幼稚園というのは、第二の家のような場所なんです』

そう訴える社員の声を、最終的に理人が握りつぶした。些末《さまつ》な意見に耳を傾けていたら進む計画も進まなくなる。

真琴に言わせれば、あれは「権力で社員のほっぺたを引っ叩いた」ということになるのだろうか。なんとでも批判すればいい。それが会社組織というものなのだ。

アリの群れのような人の流れを見下ろしながら、理人は「うむ」と腕組みをした。


翌日の土曜日、理人はふたたび真琴のアパートへとやってきた。携えてきたふたつの紙袋のひとつにはクリーニング済みのユニフォームが、もうひとつには丸越デパートで調達したお礼のチョコレートが入っている。

道中つらつらと考えていたのだが、真琴はサッカーが好きなのだろうか。どちらかというと色白で線の細い感じだった。色白で線の細い人間がサッカーをやってはいけないという法律はないが、若干の違和感が残った。

――観戦専門ということもあるだろうけど。

それにしてもサイズがまったく合っていない。彼の体格ならLサイズではなくMサイズかSサイズを選ぶべきだろうに。まあそれについても他人がどうこう言う筋合いはない。

ドアの前に立つと、通路に面した窓の隣で古びた換気扇が回っていた。五月晴《さつきば》れの休日、もしかしたら出かけているかもしれないと思ったが、どうやら在宅しているらしい。

ひと呼吸おいて呼び鈴を鳴らすとすぐに中から「はい」と返事があった。ああ彼の声だと思ったら、なぜだか口元が緩んだ。

「どちらさまでしょうか」

「雅楽川です」と名乗ると、薄いドア越しに「えっ」と息を呑む気配がした。躊躇《ためら》いがちにドアがほんの少し開かれ、真琴が顔半分だけそっと覗かせた。

「……先日の件でしたら、園長があらためてお詫《わ》びに伺ったはずですが」

外出中だったので会えなかったが、あの日のうちに園長が直接社に詫びに来たことは、秘書課を通じて耳にしている。

「その件ではないんだ」

「じゃあ、なんでしょうか」

不審丸出しの口調だ。あまり、というかおそらくまったく歓迎されていない。

「あの日借りたユニフォームを返しに来たんだ。クリーニングが済んだのでね」

ドアの隙間から見えるように紙袋を掲げると、真琴の表情からふっと険しさが消えた。

「わざわざ返しに来てくださったんですか」

「わざわざというか……」

返す必要はないと言われたものを届けに来たことが、なんだか急に恥ずかしくなり、理人は珍しくもごもごと口ごもる。しかしドアの隙間から覗く真琴のキラキラした瞳を見て、つい「ああ、そうだ」と頷いてしまった。

「わざわざ持ってきた」

小動物のように可愛らしい瞳が一瞬、大きく見開かれた。真琴はぷっと小さく噴き出すと、クスクス笑いながらドアを開けてくれた。

「お休みのところ申し訳ありません。わざわざ」

「どうということはない。こっちはシャワーと着替えのお礼だ」

チョコレートの入ったデパートの紙袋を差し出すと、真琴は心底恐縮した様子で「お気遣いいただいてすみません」と身を縮めた。

ほんのりと頬が染まっている。先日啖呵を切った時の一途《いちず》で真っ直ぐな瞳も好感が持てたが、恥ずかしそうに俯《うつむ》く様子もこれはこれで……うん。とてもよい。

「いい……お天気ですね」

会話に窮したように、真琴が気まぐれな梅雨《つゆ》の晴れ間を見上げた。

「そうだな」

真琴の視線を追いながら不意に思った。もっとこの青年のことを知りたいと。

どんな話で笑うのか。どんな言葉に感動するのか。どんな出来事に涙するのか。浮かんだその思いは、季節外れの積乱雲のように急速に膨れ上がっていく。

「時に真琴くん。今、何をしていたんだ」

「今ですか？　昼ご飯の準備をしていました」

「昼……」

腕時計を確認すると、正午を少し過ぎたところだった。

「もう支度は済んでしまったのか？」

「はい。あらかた」

「そうか……」

食事にでも誘ってみようと思ったが、支度をしてしまったのなら仕方がない。もう少し早く出てくればよかったと、理人は気落ちした。何をそんなにがっかりしているのか自分でもよくわからないまま項垂れていると、「あの」と真琴の声がした。

「よかったら昼ご飯、一緒に食べませんか」

思いがけない誘いに、理人は「え？」と顔を上げた。

「全然大した料理じゃないんです。雅楽川さん、天ざるはお好きですか？」

「天ざる？　ああ、天ぷらも蕎麦《そば》も好物だが、まさかきみが作るのか？」

「ええ。実は蕎麦をちょっと多く茹《ゆ》ですぎちゃって。よかったら——」

「いただこう」

被せ気味に答えると、真琴がまた小さく笑った。よほど空腹なのかと思われたかもしれないが、そんなことに構ってはいられない。彼の気が変わらないうちに意思を伝えたかった。真琴は微笑みを湛えたまま、「どうぞ」と玄関に招き入れてくれた。

「出来上がるまで、そっちでテレビでも見て待っててください」

「ああ。わかった」

人ひとり通るのがやっとの狭い沓脱《くつぬぎ》で靴を脱ぎ、奥へ向かう途中キッチンテーブルの上にふと目をやった。ちんまりとしたテーブルいっぱいに新聞紙が広げられていて、その上には見たことのない種類の草が置かれていた。土が付着しているものもある。

——まさかこれを天ぷらにするつもりなのか。

野の草を料理するほど金銭的に困窮しているのだろうか。困惑しながらテーブルの上を凝視していると、真琴が「美味《おい》しそうでしょ？」と笑いかけてきた。

「今朝実家から届いたんです。ひとりでこんなに食べきれないっていつも言っているのに」

「実家から……」

理人はこほん、とひとつ咳をした。

「きみの家では、その……こういったものをよく食べるのかな？」

「ええ。この季節には必ず。実家の裏山でたくさん採れるんです」

「山から草を……」

本人だけでなく実家も困窮しているのか。理人が眉根を寄せると、真琴が呆れたように言った。

「あの、これは草じゃなくて山菜です」

「山菜？」

真琴は新聞紙に並んだそれらをひとつひとつ手に取った。

「これはコゴミ。これはコシアブラ。で、このネギっぽいのがアマドコロで、こっちの笹の葉みたいなのがユキザサ。マイナー系ばっかりですけど全部れっきとした山菜です」

「ほう」

どれも初めて聞く名だった。理人が食べたことがあるのはフキノトウやタラの芽といった比較的メジャーな山菜だけだ。

「どれも美しい緑だな。食べられるのか」

「食べられないのに『一緒にどうぞ』なんて、誘うわけないじゃないですか」

それもそうだ。ちらりと横目で睨まれ、理人はぐっと押し黙る。

考えてみれば失礼な発言をしてしまったかもしれない。謝罪しようとした瞬間、呆れ顔だった真琴が拳を唇に当て、くくっと笑い出した。何がおかしいのかよくわからなかったが、楽しそうに笑う真琴につられて理人も表情を緩めた。

ほどなく出来上がった山菜料理は、どれも驚くほど美味しかった。コシアブラとユキザサは天ぷらに、コゴミは胡麻和《ごまあ》えに、アマドコロは酢みそ和えに、それぞれ姿を変えテーブルに並んだ。コシアブラの半分はオリーブオイルを塗してほどよくグリルされていた。

「……美味《うま》いな」

思わず唸《うな》るほど、どれもこれもが美味しかった。

「お口に合ってよかったです」

「本当に美味しい。時々利用する割烹《かっぽう》でも、こんなに美味い料理は食べたことがない」

「褒めすぎです。こんな素人《しろうと》料理と比べたらプロの方に申し訳ないです」

「事実を言ったまでだ。きみの料理は本当に美味い。保育士にしておくのがもったいないくらいだ」

真琴は困惑したように首を振った。奥ゆかしい性格は好ましいが、自己評価が低すぎるのは感心しない。その道に進みたい気持ちがあるのなら、知り合いのシェフを紹介しよう

かと考えていると、真琴がコトンと箸《はし》を置いた。

「この前も言いましたけど、おれはなりたくて保育士になったんです。天職だとすら思っています。料理を褒めていただけるのは嬉しいですけど」

「あ……」

失言に気づいた理人は「そういうつもりでは」と言いかけて、先日も同じ言葉を口にしたことを思い出した。

「……すまない」

「……いえ」

一瞬気まずい空気が流れたが、真琴はすぐに顔を上げた。

「保育士やってると、たまに胸がぎゅっとなるくらい嬉しくなる瞬間があるんです。朝、登園してきた園児がおれの顔を見るなり『まこちゃん先生、ただいま～』って抱きついてくれる瞬間です」

「ただいま……」

「はい。おはよう、じゃなくて、ただいま。この子にとってこの園は、第二の家なんだなって思うと、どうしようもなく愛《いと》おしくなるんです。取るに足らないことなんですけど、おれにとって一番やりがいを感じる瞬間です」

「……そうか」

理人は静かに項垂れた。

『子供たちにとって保育園とか幼稚園というのは、第二の家のような場所なんです』

握りつぶした若い社員の意見が、脳裏を過《よぎ》る。苦いものが胸に満ちていく。

「雅楽川さんが行かれる割烹って、きっとどんな料理もすごく美味しいんでしょうね」

「確かふたつ星のはずだ」

星と聞いて、真琴は「ひええ」と声を裏返した。

「すごいなあ。星のついたレストランなんて、おれ一度も行ったことないです」

個人ではなかなか予約が取れないと聞いている。世界が認める有名店なのだからそれなりに美味しいはずなのだが、実のところ理人はその店の料理を特別美味しいと感じたことがない。正直にそう話すと、真琴は意外そうな顔をして「うーん」と小さく唸った。

「もしかすると雅楽川さん、その店に行く時、いつも仕事絡みなんじゃないですか？」

「言われてみれば確かに、プライベートで行ったことは一度もないな」

「だからですよ」

頷く真琴に、理人は「ん？」と首を傾げる。

「これはおれの考えなんですけど、料理の美味い不味《まず》いって、料理そのものの味以外の要素が結構大きいと思うんですよね」

「ほう」

「誰と食べるか、どこで食べるか、どんな気持ちで食べるか……。例えばちょっとくらい味つけに失敗しても、好きな人と食べたら最高に美味しいと思うんです。場合によっては塩と砂糖を間違えても許しちゃう、みたいな?」

塩と砂糖を間違えた料理を出されたら、理人ならその場で「サヨウナラ」だ。しかし真琴が伝えようとしていることはわかるような気がした。あの割烹を使うのはいつも大きなプロジェクトが大詰めに来ている時だ。暖簾《のれん》をくぐる前から完全に臨戦態勢で、頭の中は商談をまとめることばかり。料理の味などいつも二の次だった。

「プライベートで行ったら、今までとは味が違うって思うかもしれませんよ」

「……そうかもしれないな」

誰と行ったら、誰と向かい合って食べたら、純粋に料理を味わえるのだろう。心から美味しいと感じることができるのだろう。

目の前で真琴がコシアブラの天ぷらをサクリと齧《かじ》り、むふっと頬を緩めた。

「やっぱり揚げたてが一番ですよねえ」

サクサクと無邪気な顔で天ぷらにかぶりつく真琴から、なぜだろう目が離せない。

——可愛い……。

こんな笑顔を前にしたら、砂糖と塩の間違いくらい笑って許せてしまうかもしれない。

「おれの顔に、なんかついてます?」

食べっぷりがあまりに可愛くて、つい無遠慮に見つめてしまった。真琴は口の周りを手のひらで擦っている。何かついていたら「取ってあげよう」などと手を伸ばすこともできたのに、残念ながら真琴の顔には天かすひとつついていなかった。

「なんでもない。確かに揚げたては最高だな」

「ですよね。あ、お蕎麦もどうぞ」

「ああ。いただこう」

——ああ、なんて充実した時間なんだ。

特に意味のない会話を交わしながら、まったりと蕎麦を啜《すす》る。心の奥の——今までそれを自覚したことはなかったが——凝《しこ》りのようなものがゆるゆると解れていくのを感じる。

「蕎麦もなかなか美味いな」

「スーパーの蕎麦ですけどね」

茹で方が上手いのだと褒めようとしてやめた。目の前に並んだ料理がなぜどれもこれも美味いのか、この食事になぜこれほど満足しているのか、理人にはもうわかっていたから。

——いつかまた彼と、こんなふうにふたりで食事ができるだろうか。

ふと過った思いに、理人は箸を止めた。彼と知り合った経緯と、自分たちが置かれた立場を思い出したのだ。真琴の笑顔に癒しを覚えた。しかしその笑顔を、近い将来この手で奪うことになるだろう。そしてそれはほぼ決定事項なのだ。

――それはそれ、これはこれ。……というわけにはいかないだろうな。

スーパーのものとは思えない喉越しのよい蕎麦を啜る。

わさびの香りが、つんと鼻に抜けていった。


理人の父・将邦は日本人だが、母親は英国人だ。およそ三十年前、雅楽川不動産のロンドン支社に勤務していた父は、パブでひとりのブロンド美女と出会った。当時駆け出しのモデルだった彼女が、理人の母・ソフィアだ。

若いふたりはたちまち恋に落ち、やがて理人が生まれたのだが、籍を入れることは終《つい》ぞなかった。当時、雅楽川不動産の代表取締役だった将邦の父親がそれを許さなかったのだ。

将邦は日本に呼び戻され、遠縁にあたる名家の女性と盛大な結婚式を挙げた。

ソフィアは夢だったモデルの道を捨て、場末のバーで働きながら必死に理人を育てた。

ところが理人が三歳になったばかりのある日、将邦が突然理人を日本に連れ帰ってしまった。妻となった女性が妊娠しづらい体質だということが判明し、雅楽川不動産の跡取り問題が勃発、理人に白羽の矢が立ったのだ。

ロンドンでの暮らしは、お世辞にも子育てにふさわしい環境とは言えなかった。その上理人が軽度の栄養失調に陥っていたことを盾にされ、ソフィアは泣く泣く理人を手放した。

しかしそれが愛する息子との今生の別れになろうとは、その時は考えもしなかっただろう。

理人と離れ離れになった孤独から酒に溺《おぼ》れたソフィアは、二年後狭いアパートメントの片隅でひっそりと病死した。理人が五歳の時だった。母の死を聞かされても、理人が涙することはなかった。幼子にとって二年の歳月はとてつもなく長い。五歳の理人の中で、母と過ごした日々の記憶はすでに朧《おぼろ》になっていた。

雅楽川家に代々伝わる帝王学を元に、理人は厳格に育てられた。将来の経営者としてふさわしい人間になるべく、語学を始めとする学問全般に、立ち居振る舞いや礼儀作法、対人術など、それぞれに専属の家庭教師がつけられていた。加えて剣道、柔道、合気道といった武道の教室にも通っていた。

幼稚園から高校まで、お付きの運転手に車で送迎されていたため、当然ながらごく限られた友人しかできず、今なお交流の続いている者はほとんどいない。

理人が国内最高峰の大学に合格を果たした年、将邦は雅楽川不動産の社長に就任した。日々仕事に奔走する父と、血の繋《つな》がらない母。理人にとって「家庭」だとか「団らん」といったものは、絵本の中にしか存在しないものだった。

――温かい食卓か……。

コシアブラの天ぷらを頬張る真琴の顔が、ぼんやりと脳裏に浮かんだ。

「――といった形に持っていければと思うのですが、社長のお考えはいかがでしょうか」

「……ん?」

月曜日朝一番の会議室。周囲からの視線に理人は突如我に返る。社長たるものひとつの案件にかかりきりになることはできない。今日の議題は、来春都下で着工予定の大型マンションの外構プランについてだった。

「概《おおむ》ねそれでいいだろう。ただしあまり時間の猶予はない。あからさまに強引にならないように、しかしスピーディーに。簡単にはいかないだろうがしっかりと進めてくれ」

「わかりました。ではA案を採用ということでよろしいですね」

資料にマーカーを引きながら、理人は「ああ」と頷く。同時に窓際の席の方から、小さなため息がいくつか聞こえた。採用されなかったB案を提案してきた社員たちだ。

今日のようなごく小さな社内コンペは頻繁に行われている。不採用をいちいち気にしていたら身が持たないだろうに――というのは選者の考えなのかもしれない。長い時間をかけて練り上げた案が没になれば、社員はそれなりにショックを受けるのだろう。

「ちょっと、きみ。田所《たどころ》くんだったかな」

会議後の廊下で、理人はB案の責任者に声をかけた。

「はい。田所です」

理人が市井《しせい》の社員に個人的に声をかけることは滅多にない。足を止めて振り返った田所は全身に緊張をみなぎらせていた。

「きみたちの案、B案も悪くなかった」

わざわざ呼び止めてまで褒めたというのに、田所は「え？」と激しく瞬きをしている。

「えーと……それは、その」

「今回はタイムリミットの関係でA案を採用したが、B案も内容的には遜色なかった」

「そ、そうですか。恐縮です」

困惑七割、不審二割、喜び一割といったところだろうか。複雑な表情で田所がぎこちない笑みを浮かべた。田所の後ろには同じB案チームの社員が数名続いているが、みな同じように戸惑った様子で互いに顔を見合わせている。

「初めから会議の結果に判断を委ねることを前提にしたような、前回までの消極的なプランとはひと味違う、攻めの姿勢が感じられた」

理人の言葉に、田所が瞳を輝かせた。気づいてくれていたんですかと言いたげに。

「次回も期待している。頑張ってくれ」

「は、はいっ。ありがとうございます。精進いたします」

田所が一礼すると、背後の社員も倣《なら》ったように深々と頭を下げた。潮田を従えて、長い廊下をエレベーターホールに向かって歩き出すと、若い社員の囁きが聞こえた。

「ね、田所さん、俺たち今、褒められたんですよね」

田所が「おそらくな」と自信なさげに答えている。

「察しの悪いやつらだ。褒めたに決まっているだろう」

エレベーターの扉が閉まるのを待って呟くと、斜め後ろで潮田がクスリと笑った。

「みなさん、鳩《はと》が豆鉄砲を喰ったような顔をしていましたね」

「潮田は鳩に豆鉄砲を喰わせたことがあるのか？」

「ございますよ」

さらりと答える潮田に、理人は正面を向いたままピクリと頬を引き攣らせた。人の好《よ》いお爺ちゃんのような柔和な顔をしているが、この秘書ときたらなかなかに侮れない。理人の倍の年月を生きているだけあって、ありとあらゆる人生経験が豊富だ。

「残念ながら豆が当たらなかったので鳩は逃げてしまいましたが、こういった顔をしておりました」

潮田がひょっとこのような顔をしている。さっきの田所に似ていなくもない。

「ところで潮田。コシアブラというのを食べたことがあるか？」

「コシアブラですか？」

「この時期に採れる山菜のひとつだ」

草ではないぞ、と心の中でつけ加える。

「以前に東北の方を旅行した際、民宿で天ぷらをいただいたことがございます」

「そうか。天ぷらも美味いが、さっとオリーブオイルをかけてグリルしても美味いんだ」

「ほう。どちらかでお召し上がりに？」

「ん……まあな」

真琴の笑顔が浮かび、口元が緩みそうになる。

「コシアブラがお気に召したのなら、『蘭亭《らんてい》』に問い合わせてみましょうか」

「いや、いい」

会食に利用している店の中でも『蘭亭』はかなりグレードの高い料亭だ。雰囲気も落ち着いていて気に入っているが、理人が食べたい料理はそこにはない。料理の味を決めるのは味つけでも店の格でもないということを、理人は先日知った。

「社長。そういえば先日の着替えの件ですが、もうクリーニングは仕上がっているはずですので、よろしければ今日にでも私が秦野さんに――」

「ああ、あれか。もう返した」

皆まで言い終わる前に答えると、潮田はそれこそ鳩が豆鉄砲を喰ったような顔で目を瞬かせた。

「社長がご自身でお返しに行かれたのですか？」

「私が借りたのだから、私が返しに行くのは当然だろう」

軽やかなチャイム音を鳴らし、エレベーターの扉が開く。他の階にはない絨毯《じゅうたん》敷きの廊下に足を踏み出すと、斜め後ろを歩く潮田が「あの」とやや遠慮がちに呼んだ。

「なんだ」

「社長おひとりで、その、秦野さんのアパートを訪ねられたのですか？」

理人は足を止め、潮田を振り返った。

「問題でも？」

潮田は何か言いたげに二度、三度と口を開きかけたが、結局「いいえ」と首を振った。

——そうだ。何も問題などない。

借りたものを返して、ついでに昼食をご馳走になっただけだ。今後また顔を合わせることもあるだろうが、買収先の従業員なのだから当然だ。公私混同しているわけではない。ましてや楽しみになど決して……。理人はふるんと頭を振った。

「潮田、午後の会議は十四時からだったな」

「はい。五階の第七会議室です」

「事前に資料に目を通したい」

「承知いたしました。三十分以内に揃《そろ》えさせます」

ん、と頷き歩き出す。ふと気を緩めると脳裏に浮かんでくる顔を振り払いながら。

＊＊＊＊＊

「え、王子が来たんですか？　まこちゃん先生の部屋に？」

　頓狂な声を上げる俊太に、真琴は「しーっ」と人差し指を立てた。午後の園庭にはいつものように園児たちの元気な声が響き渡っているが、どこで誰が聞いているかわからない。

「まこちゃんせんせ、あっちむいて〜〜」

　いきなり正面に現れた年中組のショウが、眼前に人差し指を突きつけてきて「ホイッ！」と上に振った。真琴はつられてまんまと上を向いてしまう。

「やったあ、ショウのかち！」

　この「いきなりあっちむいてホイ」が、現在のショウのマイブームだ。「ああ、また負けたぁ」と頭を抱えてみせると、ショウはガッツポーズをしながら走り去ってしまった。その間、たった十秒の出来事だった。

「まこちゃん先生、あっちむいてホイ、ほんっと弱いっすね」

　俊太が呆れたように笑う。

「ショウくんはいつもいきなりなんだ。じゃんけんナシとか、ルール違反だよ」

大人げない負け惜しみを口にしてみたものの、正直あっちむいてホイに弱い自覚はある。ルール通りじゃんけんからやっても、勝てる自信はまったくない。

「王子、今度こそロールスロイスかなんかで来ましたか？　側近とかＳＰとか従えて」

「いや、ひとりだった」

帰りにはハイヤーを頼んでいた。おそらく来る時もそうしたのだろう。

「王子ひとりで来たんですか？　何しに？」

若干トーンを落とした声で、俊太が訊く。

「貸した着替えを返しに来たんだ」

「それだけ？」

「それだけって、他に何があるんだよ」

「いやだってあの金髪キラキラの王子ですよ？　でもってあのウタガワ・プランニングの社長ですよ？　先週まこちゃん先生の部屋の超狭い風呂場でシャワー浴びたって聞いた時も、正直ぶったまげたのに」

実家暮らしの俊太は、しばしば真琴のアパートに遊びに来ては「ひとり暮らしには憧《あこが》れるけど、もうちょっと広くて新しいところがいいなあ」などと夢物語を語っている。

「こんな狭いところによく住んでいられるな。うちのクローゼットとさして変わらないじゃないか、とか言われませんでした?」

さすがは同じ庶民、ひねくれる方向が同じだ。「そんなこと言われなかったよ」と答えながら、百円ショップのグラスの丈夫さにいたく感動していた理人を思い出して、ちょっぴりおかしくなった。

「じゃあ玄関で着替え受け取って、そのまま帰したってわけだ」

「……いや」

成り行きで昼ご飯をご馳走したことを話すと、俊太はそのクリクリとした目を極限まで見開き「マジッすか!」とまた頓狂な声を上げた。

「しーっ。俊太先生、声でかいって」

真琴はきょろきょろとあたりを見回すが、俊太は意に介さない。

「大丈夫ですよ。園長先生は午後から出張でいないし、他の先生たちはみんな園室だから、誰も聞いてませんって」

別に悪いことをしているわけではないのだが、大切な園の土地を奪おうとしている相手を部屋に上げて、ご飯までご馳走してしまったのだ。どことなく後ろめたい気持ちになるのは否めない。

「ちょうどお昼だったし、それにほら、泥団子ぶつけたお詫びっていうか」

「お詫びでもなんでも要するに王子、まこちゃん先生の心づくしの手料理を食べて帰ったわけでしょ?」

「心づくしじゃない。単なるついでだ。つ・い・で」

「ついででもいいじゃないですか。これはチャンスですよ」

「チャンス?」

「少なくとも王子は、部屋に上がって手料理を食べるくらいには、まこちゃん先生に気を許しているってことでしょ? 初対面でお姫さま抱っこまでされちゃってるわけだし」

「あ、あれは不可抗力だろ」

そう、あれはただの事故だ。

「なんでもいいからこのまま突き進んで、まこちゃん先生の女子力でもって王子をメロメロにして、計画を中止させちゃってくださいよ」

「何言ってんだ、バカ」

性的指向のことは誰にも話していないが、気の置けない同僚の俊太にだけはそれとなく打ち明けてある。冗談なのか本気なのかわからない軽口を叩く俊太を軽く睨みながら、真琴の脳裏には理人の顔が浮かんでいた。

『……美味いな』

天ぷらをひと口食べた瞬間の、驚いた顔が忘れられない。初めてキャラメルを口にした子供のような、無垢《むく》で素直な瞳だった。

——最初は「草」なんて言っていたくせに。

あの日、真琴の手料理が美味しいと感じたのは、おそらく理人が仕事モードではなかったからだろう。大企業の社長にかかるプレッシャーがどれほどのものなのか、真琴には想像もつかないけれど、どんなに素晴らしい料理だって張り詰めた空気の中で食べたのではきっと味などわからないだろう。

——それなりにリラックスしてくれてたのかな、おれの前で。

園の敵だと頭ではわかっていても、ついついうっとりと見つめてしまった。仕草のひとつひとつから育ちのよさが漂っていて、箸の上げ下げまでが優雅で上品だった。

——でもって足がめちゃめちゃ長くて……。

小さなテーブルの前で窮屈そうに正座をする姿は、なんだかちょっと可愛らしかった。

——って、何考えてるんだ、おれは。

理人が帰った後、手土産《てみやげ》にもらったチョコレートの値段を調べた真琴は、その場に卒倒しそうになった。なんとひと粒千円の品だったのだ。ひと箱ではなくひと粒が千円。そんな高価なチョコレートがこの世に存在することを、真琴はあの日初めて知った。

——庶民のおれとは住む世界が違う人。

そう思ったら、なぜだろう胸の奥がチクリと痛んだ。

「あのね、まこちゃんせんせっ、あのねっ」

パタパタと興奮気味に駆けてきたメガネの園児は、年中組の賢人《けんと》だ。

「どうしたの、賢人くん」

「あのね、あっちにね、見たことない虫、いた。トンボ」

賢人は虫博士の異名を取るほどの昆虫好きだ。知識も大人顔負けで、鬼ごっこにもかくれんぼにもほぼ不参加で、いつも園庭の片隅で虫取りをしている。

「トンボ？　へえ、どこにいたの？」

「あっちのね、草のところ」

賢人に手を引かれて歩き出そうとした時だ。

「まこちゃんせんせーっ！　見て、見て！」

遠くから大きな声が飛んできた。振り向くと、椎の木の枝で真琴のクラスの維月《いづき》が叫んでいる。枝の下にはいつの間にか俊太が安全確保のために待機していた。

「まこちゃんせんせーっ！　いっくん、ついにここまでのぼれた！」

「おお、すごいすごい！　――ちょっと待っててね、賢人くん」

賢人の頭を撫で、真琴は椎の木の方へ走った。

運動神経は決して悪くないのだが、維月は木登りがあまり得意ではない。賢くて慎重な性格ゆえに、高い場所に登るという行為に対してちょっぴり臆病になっていたのだ。個人差はあれど、年長ともなれば半分以上の子が下から五本目の枝まで登る。しかし維月は二本目から上に、どうしても登れずにいたのだ。

それが今、維月は三本目の枝から、誇らしそうな笑顔で手を振っている。どれほど頑張って恐怖心を克服したのだろうと思ったら、目頭が熱くなった。

「やったね、いっくん。パパに報告しなくちゃね」

「うん！ またプリンアラモードがたべれるぞ！」

去年の秋、補助輪なしの自転車に乗れたご褒美に、生まれて初めてプリンアラモードを食べさせてもらったのだと、維月は嬉しそうに話してくれた。そういえばあの頃は「プリンアラドーモ」なんて可愛い言い間違えをしていたのに。子供の成長はめざましい。

「わあ、いいなあ、先生も食べたいなあ」

「小暮《こぐれ》コーシーにたべにいきなよ。拓人《たくと》くんのプリンアラモードは、せかいいちだよ」

「今度行ってみるね」

このところ、忙しい父親に代わって小暮拓人という青年がよく維月を迎えに来る。維月の父・御影慶一《みかげけいいち》のパートナーで、ふたりの関係は園でも公認だ。

そういえば一度だけ、ふたり揃ってお迎えに現れたことがあった。手を繋ぐわけでもいちゃつくわけでもない。それでもふたりの間にはとても温かな、そして親密な空気が漂っていた。何よりふたりに挟まれて楽しそうにはしゃぐ維月は本当に幸せそうで、同じ性的指向を持つ真琴は、遠ざかっていく三人の後ろ姿をいつまでも見つめていた。

自分もいつかあんなふうに、恋人と堂々とつき合うことができるだろうか。そんな日が来るのだろうか。ふとそんなことを考えて、苦笑いする。

――まず相手を見つけなきゃ。

「まこちゃんせんせぇ、トンボ、とんでっちゃった」

ツンツンと、賢人にシャツの裾を引っ張られ、真琴は我に返る。

「あ、賢人くん、ごめんごめん」

「いい。またさがす」

「本当にごめんね」

賢人に謝っている間にも、あちこちから声がかかる。

「まこちゃんせんせ、はやくこっち来て！」

「はいはい、今行くから待って――」

「まこちゃんせんせえ、リクちゃんおしっこでるってゆってる」

「え、おしっこ？　リクちゃん、ちょっと待ってて！」

しいのき山保育園は今日も賑やかだ。

六月の声が聞こえてきたその日、しいのき山保育園は創立記念日を迎えた。園では創立記念日を「しいのき山保育園のお誕生日」と称し、毎年パーティーを開くのが恒例となっている。といっても親子で仕出しの弁当を食べるだけなのだが、園児たちはみな何日も前から楽しみにしている。

保護者参加の行事なので、創立記念日当日ではなく直近の日曜日に行う。去年は天候に恵まれずホールでのパーティーとなってしまったが、今年は朝からいいお天気だ。

――着いたらすぐに園庭にシートを敷かなくちゃ。

駐輪場に自転車を停めながら、早くも園児たちの笑顔が浮かぶ。

「おはようござい……」

足取りも軽く園舎に入った真琴は、廊下に集まっている職員たちの様子がおかしいことに気づいた。

「ああ、おはようございます、まこちゃん先生」

振り向いた喜和子の表情がひどく硬い。

「どうかしたんですか」

「うん。それがね、お弁当が手配されてなかったの」

思わず「えっ」と目を見開く真琴に、喜和子が詳細を教えてくれた。

弁当は例年通り、パーティーの三週間前に手配をした。毎年頼んでいた業者が去年で店を畳んでしまったので、今年は初めての業者に依頼をしたのだが、連絡を受けた従業員があろうことかうっかり手配を忘れていたのだという。

「念のために昨日確認の連絡を入れたんだけど、定休日だったのよ」

喜和子が悔しそうに唇を噛んだ。今朝一番で連絡を入れ、事態を知ったのが今から十五分前のことだという。

「忘れていたって、そんな無責任な。今から全速力で作ってもらえないんですか」

「十個やそこらならなんとかなるけど、九十個は無理だって。今園長が、別の業者を片っ端から当たってくれているけど……」

真琴は腕時計を確認する。午前八時。パーティーが始まる正午まで四時間しかない。

「みんなとっても楽しみにしているのに、どうしよう……」

沙織は涙声になっている。泣きたいのは真琴も同じだが、泣いたところで解決はしない。

「園長先生、どうでしたか?」

園長室から出てきた園長に喜和子が声をかけたが、園長は無言で首を振った。

「ダメでしたか……困ったことになりましたね」

今日のために年次休暇を取っている保護者も多い。パーティーの日程をずらすことができないのは、みなよくわかっていた。

「近くのコンビニを回って、弁当買い占めたらどうでしょう」

俊太の口から苦肉の策が飛び出す。

「さすがに九十個同じお弁当を揃えるのは難しいだろ」

「種類や値段がバラバラになっても、この際仕方ないってことで」

「だとしても、買い占めたりしたらコンビニに迷惑がかかる」

「じゃあ、どうすればいいんですか」

俊太が頭を抱えた。その問いに答えられる者は誰もいなかった。

――どうしたらいいんだ……。

どんなに頭を捻っても、この前代未聞の大ピンチを打開する名案は浮かばない。一分、また一分と、時間だけが無情に過ぎていく。

――もう中止するしかないのかな。

ふと弱気な思いが過る。けれど園児たちのがっかりする顔を想像し、それは絶対にできないと思い直す。園長は「もう少し当たってみます」と園長室へ戻っていった。「私も」と喜和子が続く。廊下に残された職員を包む重苦しい沈黙を破ったのは、「あれ？」という沙織の小さな声だった。

「どうしたの、沙織先生」

「見間違えじゃなければ、今あそこに王子がいたような」

王子。思いもよらない言葉に、ドクンと心臓が鳴った。

「王子って、雅楽川さんのこと？」

「はい。先日いらっしゃった、ウタガワ・プランニングの社長さんだったような」

「え、どこどこ」と俊太が首を伸ばす。

「正門のところに……あ、ほら」

真琴と俊太は、沙織の視線を追う。すると次の瞬間、門柱の陰からちらりとダークブロンドの髪が見えた。間違いない、理人だ。

——雅楽川さん、一体何しに？

考える前に足が動いていた。駆け寄って門扉を開くと、門柱の陰に隠れていた理人が「やあ、おはよう」と、取ってつけたように片手を上げた。

「おはようございます……って、どうしたんですか、そんなところで」

「今日は日曜なのに、きみはなぜ職場にいるんだ」

「今日は園の創立記念行事があるんです。それよりこっちの質問に答えてください。まさか例の買収の話をしに——」

「違う！」

全力の否定に、真琴はびくりと身を竦ませた。

「今日はその話で来たわけじゃない」

「じゃあ一体」

訝る真琴に、理人は躊躇いがちに「実は、きみに会いに来た」と呟いた。

理人は今朝、いつもより早く目が覚めたという。日曜日も仕事が入っていることも少なくないのだが、今日は久しぶりに完全にオフだ。カーテンを開ければ、抜けるような青空が広がっている。

「美しい青空を目にしたら、ふときみの顔が浮かんだ。せっかくだからドライブにでも誘ってみようかと思ってアパートに行ってみたんだが」

理人はそう言って園の塀沿いに停められた高級外車をちらりと見る。真琴が留守だったので、まさか日曜なのに出勤しているのだろうかと、様子を見に来たのだという。

――ドライブって……。

本気なのだろうか。確かにラフなジーンズ姿だし、鞄《かばん》も手にしていないけれど。

――せっかくって何？　なんでおれの顔が？　てかそこ駐禁……。

ぐるぐると頭に浮かぶあれこれに、今は構っている余裕はない。

「申し訳ありません。今日はちょっと無理です」

「今日でなければいいのか」

真顔で揚げ足を取られ、答えに詰まる。

「何時に終わるんだ？　ドライブが無理なら食事でも構わない。この間の昼食のお礼にどこか美味しいレストランへ――」

「すいませんが、今それどころじゃないんですよ」

背後から俊太が割って入った。

「今、しいのき山保育園始まって以来の大ピンチに直面中なんです」

「俊太先生っ」

部外者に余計な話をするなと窘めたが遅かった。理人は「何かあったのか」と表情を曇らせた。真琴は仕方なく事情を打ち明ける。

「何がなんでも弁当でなければならないのか？」

理人の問いかけに、真琴と俊太は同時に「え？」と首を傾げた。

「弁当がダメなら、どこかレストランを予約すればいいじゃないか」

「はあ？」

斜め上すぎる提案に、俊太はあんぐりと口を開けた。

「レストランって……総勢九十人だって、今言いましたよね？」

突然そんな大人数を受け入れてくれるレストランなどあるわけがない。

――弁当がダメならレストラン？

あんたはマリーアントワネットか！　と突っ込みたくなるのを必死にこらえた。

「残念ながら弁当以外の選択肢はありません」

「そういうわけなんですよ。王子……雅楽川社長に助けてもらいたいくらいです」

「おい、俊太先生っ」

諫《いさ》める真琴に、俊太は「だって」と口を尖らせる。

「どう考えてもどん詰まりですよ。弁当が届かないんじゃ、パーティー中止するしかないですよ。そんなことになったらみんなどんなにがっかりするか」

「そんなことわかってるって！」

思わず叫んでしまってハッとした。俊太の言うことは何ひとつ間違っていない。

「……悪い」

「……いえ」

気まずい雰囲気で俯くふたりに、理人が問いかける。

「人数は九十人。大人も子供も同じ弁当なのか」

「いえ……園児が五十人、保護者が四十人です」

「アレルギーのある子は？」

「卵アレルギーの子がふたりと、小麦アレルギーの子がひとりいますけど、あの」

そんなことを尋ねてどうするのか。訝る真琴に背を向け、理人はスマホを取り出すと園庭の片隅でどこかに電話をかけ始めた。

そうこうしているうちに、園長と喜和子が園庭に出てきた。ふたりの表情は暗く、事態を打開できていないことは一目瞭然だった。

「まこちゃん先生、俊太先生」

園長の声はいつになく重苦しい。

「方々手を尽くしましたが、引き受けてくださる業者は見つかりませんでした」

その意味の重さに項垂れるしかなかった。そこにいた職員全員が項垂れている。

「大変残念なことですが、本日のパーティーは——」

その時、「ちょっと待ってください」という声が飛んできた。理人だ。

「雅楽川社長、あなたがなぜここに？」

目を白黒させる園長に一礼し、理人はその端整な顔の横でスマホを振ってみせた。

「大人用四十個、子供用五十個、計九十個の弁当、正午までに届けさせます。アレルギー食にも対応してくれるそうです」

理人の言葉に、園長を始めそこにいた全員が大きく目を見開いた。

「本当なんですか、雅楽川さん」

「ええ。弊社のグループ企業のレストラン部門が引き受けてくれました」

頰を上気させ、俊太が「よっしゃあ」と拳を突き上げる。

「しかしそのようなご無理を……大丈夫なんでしょうか」

おずおずと問いかける園長に、理人は力強く頷いた。

「急な対応は珍しいことではありませんので。さすがに弁当九十個というのは初めてだと思いますが」

涼しい瞳で理人が微笑む。

「至急返事が欲しいそうです。どうなさいますか？」

他に道はない。誰も迷う者はなかった。園長が「よろしくお願いいたします」と頭を下げると、理人は大きくひとつ頷き、見惚《みと》れるほど長い指でスマホをタップした。


一時はどうなることかと思ったが、救世主の登場で予定通りパーティーを開催することができた。例年より何倍も豪華な弁当に、保護者も園児も大喜びだ。

「ねえねえ王子、おたんじょう日、ある？」

「誕生日のない人間はいない。それより以前にも言ったが私は王子ではない。社長だ」

「ねえねえ、しゃっちょさま、おたんじょう日いつ？」

園庭の隅で、弁当を食べ終えた園児が理人をぐるりと囲んでいる。「弁当の到着を確認したら帰る」と言っていたが、弁当を届けに来た潮田と共に園長に引き留められたようだ。

「さまをつけるのはやめてくれないか。ちなみに誕生日は六月だ」

「わあ、王子、もうすぐおたんじょう日だ」

「おいわいだね」

「おいわい、おいわい。はっぴば〜すで〜、王子〜」

本人を置き去りにしてハッピーバースデーの合唱が始まる。

「ねえ、王子はなんさい？　大人なら、にんじんたべれる？」

「人参《にんじん》は好物だ」

「じゃ、ピーマンたべれる？」

「ピーマンは好きではない。なぜならあれは苦い」

「わー、王子もピーマンきらいなんだって！」

あたしも、ぼくもと子供たちは大騒ぎだ。予期せぬ盛り上がりに理人は困惑した様子で距離を取ろうとするが、園児の群れはどこまでも纏《まと》わりついていく。理人が右に動けば群れも右に、理人が左に動けば一緒に左に。遠慮の欠片もないパワーで抱きつかれ、質問攻めにされ、理人は潮田に無言のヘルプを送っている。

「ねーねー、こいびと、いるの？」

「現在は特定の恋人はいない」

真顔で答える理人に、俊太がぶっと噴き出した。

「レポーターに追っかけられてる芸能人みたい」

「すっかり懐かれちゃったみたいだね」

真琴が苦笑すると、隣で潮田が「本当に」と目を細めた。

「あのように楽しそうな社長を拝見するのは、初めてです」

「楽しそう？　あれがですか？」

どう見ても困り果てているようにしか見えない。

「社長は、ご幼少の頃から将来雅楽川グループの経営者としてふさわしい人間となるよう、それはそれは厳格な教育を施されてお育ちになりました。同じ年頃の子供たちと自由気ままに遊ばれた経験が乏しいので、どうしてもああいったぎこちない反応になってしまうのだと思います」

「潮田さんは、雅楽川さんを小さい頃からご存じなんですか？」

潮田が頷く。彼は元々現雅楽川不動産社長で理人の父・将邦の秘書だったのだという。

理人の母親は英国人で、ロンドン在住のモデルの卵だったが、雅楽川家の嫁として認められず、理人だけが日本に連れてこられた。雅楽川不動産の跡取りにするためだ。

「社長のお母さまは、社長が五歳の時にロンドンで病死されました」

五歳といえば、今理人の足にしがみついている園児たちと同じ年頃だ。

「リヒトというのは、亡くなったお母さまがおつけになった名前です。将邦社長は別の日本名を用意しておられたようですが、幼い社長は頑として聞き入れなかったそうです」

リヒト。そう呼ばない限り、三歳の理人は頑《かたく》なに返事をしなかった。最後は将邦が根負けし、理人という漢字を当てることにしたのだという。

「ロンドンでの思い出が徐々に薄れていく中、母がつけてくれたこの名前だけは残すことができた——。社長は以前、そんなことをおっしゃっておられました」

幼くして母親と引き離され、友達と自由に遊ぶことも許されず、ひたすら厳しい教育を施される。想像もできない環境の中、幼い理人は何を感じて生きていたのだろう。

真琴の胸はぎゅっと絞られるように痛んだ。

園児をチンパンジー呼ばわりし、バカラのグラスを月に三個割る理人。山菜を草と呼びながら、真琴の手料理を「高級割烹より美味しい」と褒めてくれた理人。

ありえないほど完璧なそのルックスに、最初はいけ好かない王子社長だと鼻白んでいた。しかしその人となりを知るにつれ、いろいろな意味で目が離せなくなっていく。

理人は美しい人形ではない。自分たちと同じ、指の先まで血の通った人間なのだ。

そんな当たり前のことに、真琴は今初めて気づいた気がした。

「リオンくんばっかり王子のちかくにずっといて、ずるい」

「オレが先にこのばしょ、とったんだもん」

理人を取り巻いていた園児の輪の中で、ポジション争いの小競り合いが始まった。年中組のレンとリオンだ。

「ずるくない！」

「ずるい！」

レンがリオンの胸をドンと突いた。リオンはよろけながらも踏みとどまった。

「なにすんだよ！」

リオンが拳を振り上げるのを見てハッとしたが、真琴が駆け寄る前に、理人がその小さな拳を摑んだ。

「はなして、王子」

「だから私は王子では――。まあいい。とにかく暴力はよくない」

「だってレンくんが先にやったんだもん！」

「やられたらやり返す、というのは下等動物の発想だ。実に単純で短絡的で浅慮、そしてあまりに愚かな思考パターンだ。思考停止も甚《はなは》だしい。やられるたびにやり返していたら永遠に暴力はなくならないということくらいは、きみにもわかるだろう？　誰かが負の連鎖を断ち切らない限り、最終的に行き着くところは――戦争だ」

嘆かわしい、と理人が眉間《みけん》に指を当てる。レンもリオンも完全に戦意を喪失し、壮大な嘆きに震える王子を、ぽかんと見上げていた。

「あれもその、いわゆる帝王学の賜物でしょうか」

言いたいことはわかるが、せめてもう少し易しい言葉で話してあげればいいのに。半笑いの真琴に、潮田も苦笑する。

「賜物というより、後遺症でしょうかね」

「潮田さん、こちらにおいででしたか」

振り向くと園長が立っていた。

「今日は本当にありがとうございました。なんとお礼を申し上げればいいのか」

「いえいえ、お役に立てて幸いです。それにしても子供というのはこの年頃が一番可愛いですねえ。うちの孫なんてもう、生意気で」

「潮田さん、お孫さんが？」

「中学三年生と小学六年生です。昔は無邪気に『じーじー』なんて抱きついてきてくれたのに、この頃は小遣いをちらつかせないと寄りつきません」

「それはそれは」

園長と潮田が談笑しているのが見えたのだろう、園児たちの輪の中からようやく抜け出した理人がこちらへやってきた。園長があらためて深々と頭を下げ、丁寧に礼を告げる。真琴も一緒に頭を下げた。

「今日は本当にありがとうございました。感謝なんて言葉じゃ足りないくらい感謝しています」

「……いや」

照れたような恥ずかしそうな、けれど心の底から嬉しそうな理人の顔は幼い少年のようで、ちょっと可愛いなと思ってしまったことは内緒だ。

「お弁当のお代ですが」と園長が切り出す。

「それでしたら結構です。私が個人的にしたことですから」

「そういうわけには参りません。今日のことは心から感謝しています。おかげでこうして子供たちの笑顔を見ることができました。けど……」

少し言い澱み、園長は頭ひとつ分以上高いところにある理人の顔を毅然《きぜん》と見上げた。

「やはり私たちは、互いの立場を忘れてはならないと思います」

理人は一瞬、怯《ひる》んだように瞳を揺らしたが、すぐに経営者の顔になり頷いた。

「おっしゃる通りです」

「私は園長として、どんなことがあってもこの園を守り抜きます」

園長はきっぱりと言い切った。

「私共も、計画を中止するつもりはありません」

園長と同じくらいはっきりと、理人は言い切った。

——雅楽川さん……。

対峙《たいじ》するふたりの姿に、真琴はどこかふわふわとしていた心がすーっと冷えていくのを感じた。食事を共にし、ドライブに誘われ、ちょっと親しくなったような気持ちになっていた。園の大ピンチを救ってくれた理人を、救世主のように感じていた。思いがけない優しさに触れることができて、感謝と同じくらい喜びを感じた。本当に本当に嬉しかった。

——けど、これが現実なんだ。

互いの立場を忘れてはならない。園長の言う通りだ。

初めからわかっていたはずなのに、なぜだか胸の奥がひどく苦しかった。

朝からのドタバタの疲労と、理人に対する悶々《もんもん》とした感情で、普段の何倍も疲れた気がする。へとへとの身体を引きずりようやく帰宅したのは、夕方のことだった。アパートの駐輪場に自転車を停め、鍵《かぎ》をかけたところで「真琴」と背後から声をかけられた。

振り返ると、そこに立っていたのは予想外の人物だった。

「和孝《かずたか》先輩……」

よ、と和孝が軽く片手を上げる。真琴はどんな顔をすればいいのかわからず、引き攣った笑顔で「お久しぶりです」と応《こた》えた。

上杉《うえすぎ》和孝は、同じ高校に通っていた一学年上の先輩だった。真琴が二年生、和孝が三年生の時に半年ほどつき合っていた、つまり元カレだ。

ある日『ずっと気になっていたんだ』と告白され、真琴が受け入れる形でつき合い始めた。マイノリティであることに少なからず引け目を感じていた十代の真琴は、自分にはきっと恋人なんて一生できないと心のどこかで諦《あきら》めを抱いていた。だからサッカー部の部長で男女問わず人気のあった和孝が、目立たない上になんの取り柄もない自分なんかに声をかけてくれたことがただ嬉しくて、すぐにOKをした。

しかし学年も趣味も違う、共通の友人も知人もほとんどいないふたりに、盛り上がれる話題はあまりなかった。それでもふたりで少しずつ思い出を積み上げていけばいいと真琴は思っていたのだが、和孝は次第に退屈し始めた。デートの回数は徐々に減り、和孝の卒業を機にふたりの関係は自然消滅した。

なぜ今頃になってまた自分の前に現れたのだろう。真琴の戸惑いに気づいてか、和孝が言い難《にく》そうに口を開いた。

「実は先々週こっちに戻ってきたんだ。会社……辞めてさ」

関西方面の大学に進学し、そのままあちらの会社に就職したと風の便りに聞いていた。

「そうだったんですか……」

「真琴がここに住んでるってのは、坂口《さかぐち》から聞いたんだ。保育士になったってことも。で、ちょっと会いたくなって来てみたってわけ」

和孝は数少ない共通の知り合いの名を、言い訳のように口にした。

「元気そうで安心したよ」

「おかげさまで」

和孝の方は、お世辞にも元気そうとは言えなかった。仕事を辞めて帰京して二週間ということは、今まさに職探しの真っ最中なのだろう。その表情はサッカー部の部長として輝いていた高校時代とは別人のような暗い翳《かげ》りを帯びていた。

「中途採用ってなかなかないもんだな。ほら俺、資格とかなんもないから」

「早く決まるといいですね」

和孝は「ああ」と頷く。

「来てみてよかった。お前の顔見たらなんかちょっと元気出たわ」

和孝は力なく笑ってみせた。

「とっくに別れたのに今さら何しに来たんだ！　って追い返されるかもしれないって、実はちょっとビビってた」

「そんなこと……」

真琴は首を横に振った。あの頃のことを思い出すことは少なくなっていたけれど、決して憎しみ合って別れた相手ではない。

「なあ真琴、今度、飯でも食いに行かないか？」

「……え」

「心配するな。お前に飯を奢《おご》るくらいの金はあるから」

そういうことではない。和孝に対して、顔も見たくないほどのマイナスの感情はない。けれど一緒にご飯を食べたいかと問われれば、答えはＮＯだ。彼とつき合っていた半年間は、真琴にとってはもう甘酸っぱい思い出の一ページなのだ。

「おれは——」

「飯食うだけだから」

被せ気味に、和孝が一歩前へ出る。どこか必死なその様子に、真琴は言いかけた言葉を呑み込んだ。

「お前の好きな時でいいよ。こっちはしばらく暇だから」

どんな理由で仕事を辞めたのか、真琴には知る由もないが、和孝は思ったより追い詰められているのかもしれない。縋《すが》りつくような瞳を、はっきり拒絶することは躊躇われた。

「じゃあ、そのうち」

仕方なくそう答えると、和孝はほうっとひとつため息をつき、泣き笑いのような顔で「サンキューな」と呟いた。真琴はなんとも言えない気分になり、小さく頷くしかなかった。

＊＊＊＊

買収予定の保育園の行事に参加するなんて、一体何を考えているんだ。いや、あれは単なる人助けだ。助ける人を選べ。助けなければ子供たちが泣くことになったんだぞ。あの土地を買収すればどの道泣かせることになるだろう。しかし。お前はいつから慈善家になったんだ――。

社長室の椅子《いす》に深々と身を預け、理人はとりとめのない脳内論議を続けていた。真琴をドライブに誘おうと出かけ、うっかりしいのき山保育園の創立記念イベントに巻き込まれてしまったのが三日前。あれからずっと理人の頭の中では、真琴の台詞がエンドレスで繰り返されている。

『今日は本当にありがとうございました。感謝なんて言葉じゃ足りないくらい感謝しています』

保育園児のように両手を前に揃えてぺこりと頭を下げる真琴は、過去一番と称していいほどに可愛かった。感謝の言葉などいらないから次の休みにふたりで会えないか――。他の職員がいなかったら、間違いなく誘い文句を口にしていただろう。

払っても払ってもやぶ蚊《か》のように纏わりついてくる園児の群れも、当初より不快ではなかった。頬につけたままのご飯粒も、口元を汚しているケチャップも、自分が手配してやった弁当を美味しく平らげた証拠なのだと思うと、満足感すら覚えた。

――何度教えても王子と呼ぶのは、まあチンパンジーだから仕方がないか。

『大人なら、にんじんたべれる？』『じゃ、ピーマンたべれる？』

キラキラした穢《けが》れのない瞳を思い出し、理人はふっと口元を緩ませる。真琴はあのキラキラに毎日囲まれているのだ。保育士が天職だと言った彼の気持ちが、少しだけわかったような気がしたのだが。

『やはり私たちは、互いの立場を忘れてはならないと思います』

園長の台詞に、真琴が表情を凍りつかせた。ひどく傷ついたような悲しげな目をしていた。また札束でほっぺたを引っ叩こうとしたと思われただろうか。

「違う、そんなつもりでは」

思わず声に出してしまった。慌ててあたりを見回したが、広すぎる社長室には主《あるじ》である理人以外の姿はない。

「互いの立場、か」

何があっても園を守るという園長の姿勢は変わらないだろう。そしてあの土地をすみやかに買収し、予定通り商業施設の建設計画を進めなければならないという、社長としての理人の立場も変わらない。我知らず重いため息が漏れる。

いつの間にか日が沈んでいた。ブラインドの隙間にチラつく都会の灯《あか》りをぼんやりと見下ろしながら、理人はまた真琴の笑顔を思い出していた。


週末土曜日、理人はもう一度真琴のアパートを訪ねることにした。さすがに「一体何をやっているんだ」と自分で自分にツッコミを入れたくなったけれど、連絡先を知らない以上こうして直接訪問する以外に真琴と会う手立てはないのだ。

ドライブに誘おうと思ってきみのアパートを訪ねた。保育園でそう告げた時、真琴はずいぶん驚いた様子ではあったが、決して迷惑そうな顔ではなかった。弁当が届かないというトラブルさえなければ、夕食を一緒にとることくらいはできたかもしれない。

リベンジ。そんな言葉を胸に理人は真琴の部屋の前に立った。手ぶらではなんなので途中の生花店で薔薇《ばら》の花束を用意した。情熱を込めた真っ赤な薔薇にしようと思っていたのだが、真琴には可憐《かれん》なピンク色の方が合うような気がして、濃淡取り混ぜた、計五十本のピンクの薔薇をあしらってもらった。

――なんだか結婚式のブーケのようだな。

ピンクの薔薇を抱えたブロンドヘアは、いつも以上に人目を惹《ひ》いてしまうらしい。老若男女を問わずすれ違うすべての人が目を丸くして足を止め、理人を凝視した。

――真琴は喜んでくれるだろうか。

奇異の目を向けられることには慣れている。気になるのは真琴の反応だけだ。柄にもなくわくわくしている自分がいた。

決して狙《ねら》ったわけではないが、また昼時の訪問になってしまった。ブーンと換気扇の回る音にデジャヴを覚えるが、あの日と違うのはキッチンの窓が半分ほど開けられていることだ。網戸越しに人影が過る。理人はノックしようとした手をピクリと引っ込めた。

「まこちゃん先生、お皿これでよかったんですっけ」

「どれでもいいよ。俊太先生、コーヒー、アイスでいい？」

「はい。あ、俺淹《い》れます」

シンク近くで話しているらしく、ふたりの会話ははっきりと聞き取れた。

――俊太先生が来ているのか。

一瞬胸がもやっとしたが、しいのき山保育園に男性保育士は真琴と俊太しかいないようだったから、ある程度親しくなるのは仕方がないだろうと思い直す。

「だからリホちゃんは、コウくんのことが好きなんですよ」

「なんでわかるんだ？」

「昨日のおやつ、アイスだったじゃないですか。リホちゃんの隣の席はエイジくんだから、エイジくんと半分こだったんですけど、急にしくしく泣き出しちゃって。で、『どうしたの？』って聞いたら『あたし、コウくんと半分こしたかった』って」

「リホちゃん、それで泣いてたのか」

会話の合間にカチャカチャと陶器のぶつかる音がする。これからふたりで昼ご飯を食べるのだろう。

「誰と半分こしたって味は同じなのに、女心って複雑ですよね」

「そうか？　おれはリホちゃんの気持ち、ちょっとわかるな。あれ、誰かとパッキンして食べる時、『ああ、今同じ味をシェアしているな』って気持ちにならないか？」

「えー、そっかなあ」

「ましてや好きな人と半分こすることになったら、ドキドキするだろうな。あ、ちなみに味はチョコ味がイチオシ」

「まこちゃん先生って意外にロマンチストなんですね。俺は昔っから二本ともひとりじめするのが夢でした」

「俊太先生は、小さい頃から食い意地が張ってたんだな」

「からってなんですか、からって」

ふたりの笑い声が響く。

——誰かとアイスをシェアするのが真琴くんのロマンなのか……。

理人は心の手帳にサラサラとメモった。

「気が強いところもあるけど、なんやかんや言って乙女だよな。リホちゃん」

「ところが乙女とか言ってられない、驚愕《きようがく》の続きがあるんですよ、この話には」

「なになに」

「お昼寝の後、リホちゃん、園室の隅でおままごと道具のお皿の周りにおもちゃの蠟燭《ろうそく》並べてひとりでぶつぶつ言ってるから『どうしたの?』って聞いたんです。そしたらなんて答えたと思います?」

「さあ」

「『ぜったいコウくんのハートを手にいれるの。〝くろまじつ〟で』だって」

「黒魔術〜？　何それ、怖っ」

「でしょ？　俺もぞーっとしましたよ」

女の子は本当に怖いね、という話でしばらく盛り上がっていたふたりだが、不意に俊太から聞き捨てならない発言が飛び出した。

「そういえばまこちゃん先生、この間の話どうなりました？」

「この間の話？」

「ほら、高校ん時の元カレと再会したって言ってませんでしたっけ」

「モトカレ」が脳内で「元カレ」と変換されるまでに数秒を要した。理人は身を硬くして全神経を耳に集中させた。

「なんでしたっけほら、上……松じゃなくて」

「上杉先輩。再会っていうか、連絡もなく突然来たんだよ」

「ここにですか？」

「うん。共通の知り合いに場所を聞いたらしくて。高二の時以来だから何年ぶりだろう。めっちゃびっくりした」

「へえ。で、その後はどうです？」

「どうって？」

「なんか進展ありました？」

真琴は声量を落として「別に……」言葉を濁した。進展があったのかなかったのか、どちらなのか判別がつかない。理人は薔薇の花束をぐっと握る。

「確かサッカー部の部長でモデルだったんですよね、その人」

「モデルっていうか……」

真琴の声が一段と低くなって、ドアに耳を押しつけたくなる。

「やり直さないか、とか言われたんじゃないですか？」

「なんでそういう突拍子もない話になるんだ」

「だって知り合いに住所訊いてまで訪ねてきたんでしょ？　突拍子もない話でもないと思うけどなあ」

「そんなこと一切言われてないよ。ただ今度飯でも食おうって」

「ほらほら、それが取っかかりですよ。でもって――」

「俊太先生、コーヒー零《こぼ》れてるよ」

「わ、すみません」

これ以上この話題を続けたくないのか、真琴は強引に俊太の話を遮った。

――高校時代の恋人か……。

二十代半ばになった今でもあんなに可愛いのだから、高校時代はさぞ愛らしい少年だっただろう。恋人のひとりやふたりいてもちっとも不思議ではない。不思議ではないのだが、なぜだろう思いのほか強い衝撃を受けている自分がいる。制服姿の真琴が誰かと手を繋いだり肩を並べて歩いたりするところを想像すると、息が苦しくなる。

上杉とか言っていた。先祖は武将だろうか。敵に塩を送るタイプなのだろうか。でもってサッカー部の部長で、しかもモデルだと？　完全無欠じゃないか。

——そうか。あのユニフォームは元カレのものだったのか。

真琴の体型に合わないサイズだったので不思議に思っていたのだが、その理由がようやくわかった。あれは元カレの置き土産。おそらくはプレゼントだろう。当時の思い出の品なのだ。真琴は上杉と別れた後も、それを大事に取っておいたのだ。何年もの間ずっと。

そういえばあの日、クリーニングしたユニフォームを掲げた途端、真琴の表情から突然剣呑《けんのん》さが消えた。勢いで「返さなくていい」などと言ってしまったことを後悔していたのだろう。

——未練があるんだろうか、完全無欠の元カレに。

上杉は本当に真琴を食事に誘うだろうか。真琴は誘いに乗るのだろうか。

まさかふたりはふたたび意気投合を？　そして焼け木杭《ぼっくい》には火が……。

ぐるぐると考え込んでいる間に、ふたりの話題が変わっていた。

「それにしても先週は、王子社長のおかげで助かりましたね」

「ああ、本当に。雅楽川さんが来てくれなかったらどうなっていたか」

突然自分の話になり、理人はぴくりと耳を欹《そばだ》てた。

「複雑な立場なのに、ありがたいことだよな」

「俺が思うに、王子社長はうちの園を助けるっていうより、ピンポイントでまこちゃん先生を助けたかったんじゃないですかね」

——何を言っているんだ。

思わず口を突きそうになった理人の台詞は、真琴がそのまま代弁してくれた。

「何言ってるんだ」

「俺の勘です。あの人、まこちゃん先生のこと気に入ってますよ、絶対」

「まさか」

「だってお姫さま抱っこですよ？　初対面で」

「またその話か」

真琴は「しつこいなあ」と呆れたように返す。

「何度でも言いますよ。上から目線だし偉そうだし超腹立つ人だけど、悪い人じゃなさそうだし、まこちゃん先生の言うことならなんでも聞いてくれそうな気がするんだけどなあ」

「いい加減なことを言うなよ」

——そうだ。いい加減なことを言うな。

真琴の反論に理人はひとり深々と頷いた。彼を気に入っていることは認めるが、なんでもかんでも言うことを聞くつもりはない。

「おれたちとは住む世界が違う人だよ」

「まあ確かに、王子がコンビニの前で肉まん買い食いする姿とか、想像できないですよね」

「そうそう。おれたちみたいなしがない保育士とは別世界の住人なの」

「でもああいう世俗に疎そうなタイプは、案外家庭的な雰囲気にコロッといっちゃうんじゃないかな」

「あのなあ」

「でもまこちゃん先生だって、ちょっとはそういう気持ちがあったから、手料理振る舞ったりしたわけでしょ？」

「おれは——」

何か言い返そうとする真琴に、俊太は畳みかける。

「だってあの王子社長からうちの園を守れるの、今のところまこちゃん先生しかいなさそうなんだもん」

「俊太先生、つまんないこと言ってると、このパスタひとりで食べちゃうぞ？」

「あ、ダメ。まこちゃん先生のタラコパスタ、専門店並みに美味しいんだから」

「ならその話はもう終わり。さ、できたぞ。温かいうちに食べよう」

「くうぅ～、いい匂《にお》い。バターとタラコ合わせようって考えた人、マジ神っすよね」

居間に向かったのだろう、ふたりの声が遠くなっていく。俊太の「むっちゃ腹減ったぁ」という調子のいい声を最後に、会話は聞こえなくなった。

——一体私はこんなところで何をしているんだ。

結局五分以上ふたりの会話を立ち聞きしてしまった。理人はようやく我に返り、ゆっくりと回れ右をした。

住む世界が違う。別世界の人間。そういう気持ちがあったから。うちの園を守れるのは。耳にした会話の欠片が、無秩序に脳内に散らばる。

——あの日は最初からそういうつもりだったのか。

一緒に昼食をどうぞと誘う笑顔の裏側で、園を守ろうと必死に計算していたというのか。

——いや、そんなはずはない。

大通りに向かってとぼとぼと歩きながら、理人はふるんと頭を振った。あの日の訪問は不意だったのだ。理人がやってくるなんて、真琴はつゆほども思っていなかったはずだ。

通りに出るとすぐに運よく空車のタクシーが通りかかった。理人は軽く片手を上げてタクシーを停める。

——真琴くんは人を嵌めたり騙《だま》したりするような人間ではない。

心の中でそう断言している自分に驚く。自分は彼の何を知っているというのだろう。そして何をこんなにも動揺しているのだろう。

——動揺しているのか、私は。一体何に対して……。

目の前に浮かんだ答えに手を伸ばそうとした時、開いたドアから運転手の声がした。

「ちょっとお客さん、乗るんですか、乗らないんですか」

「ああ、すまない」

理人は慌ててタクシーに乗り込んだ。車窓を流れる景色を見るともなしに眺めていると、呼吸が浅くなるほどの動揺が少しずつ落ち着いてきた。

——彼はゲイだったのか。

性的指向への偏見はまったくない。理人自身これまでつき合った相手は男性女性半々だ。思い返せばどの相手とも、つき合ったと言えるかどうか微妙な関係だった。基本的に理人は恋愛に関して淡泊だ。いつも同じようなことを指摘されてきたし、またその自覚もあった。別れた理由のほとんどは、理人の淡泊さが原因だと言っても過言ではない。

その人のことを考えるだけで胸が苦しくなるとか、会いたくて会いたくて眠れなくて、明け方のベッドで寝返りを繰り返すとか、そういう恋をしたことはないのかと訊かれ、二秒で「ない」と答えたことがある。大学時代に三ヶ月ほどつき合って別れた——それでも理人にとっては長続きした方だったのだが——同い年の男だった。情緒が不安定なら病院に行った方がいいとアドバイスをしたら、それっきり連絡が来なくなった。

——誰かのことを考えるだけで胸が苦しくなるなんて、ありえな……。

理人はハッと息を呑んだ。ドクンと鼓動が鳴る。

その人のことを考えるだけで胸が苦しくなるとか、会いたくて会いたくて眠れなくて、明け方のベッドで寝返りを繰り返すとか、そういう経験はないのかと今ここで訊かれたら、二秒で「ある」と答えるだろう。

目蓋の裏に浮かぶ真琴の顔は、日に日に濃さを増している。昼も夜も就寝中も、彼のことばかり考えてしまう。昨夜もほとんど眠れず、明け方まで寝返りを繰り返していた。

——私はもしかすると真琴くんに……。

理人はごくりと唾《つば》を飲んだ。

もしかしてではない。自分は真琴に恋をしている。

真琴を、恋愛対象として好きになってしまったのだ。

「なんてこった……」

「え？　道、間違ってましたか？」

慌てて振り返った運転手に「いや、間違っていない」と答えるくらいの冷静さは残っていたが、理人の脳内はさっきまでとは別の、より激しい動揺に襲われていた。

買収予定先の保育園の保育士に、あろうことか恋をしてしまった。その事実の示すところがわからないほど理人は愚かではない。

窓の外に視線をやる。さびれた商店街は、土曜日だというのにシャッター通りと化している。このあたりの土地はすでにウタガワ・プランニングが買収済みだ。児童公園のブランコで小さな女の子が遊んでいる。その姿を傍らの父親が写真に収めようとしている。

この児童公園もほどなく取り壊しになる。あの子が物心つく頃には、あのブランコはもうない。

スクラップ&ビルド。それが理人の仕事だ。賞賛の数だけ恨みも買ってきた。いちいち感傷的になっていたら身が持たない。公園など他にいくらでもある。保育園だって。それなのに浮かんでくるのは真琴の悲しげな顔ばかりだ。

自分は彼の一番大切なものを奪おうとしている。

──私を、恨むだろうな。

胸が絞られるように痛んだ。真琴を悲しませたくない。心が叫んでいる。

「なんてこった……」

車窓を流れる景色に、理人はもう一度小さく呟く。

タクシーがマンションのエントランス前に停車する。料金を支払って下車すると「お客さん、お客さん」と呼ばれた。後部座席を指さし、運転手が「忘れ物ですよ」と告げた。

「ああ、それか。すまないが置いていく」

「はあ〜？」

「必要なくなったんだ。きみにプレゼントする」

「待ってください。こんな高そうな花束——」

「釣りも取っておいてくれ」

「ちょ、ちょっと、お客さん！」

運転手がまだ何か叫んでいるが、俯き加減にエントランスに向かう理人の脳裏は、始まったばかりの、しかしあまりにも前途多難な恋のことでいっぱいだった。

＊＊＊＊＊

日曜日だというのに朝早く目が覚めてしまった。昨日は俊太が遊びに来て、昼にパスタを作って食べた。それからふたりで映画を観に行き、駅前の居酒屋で軽く一杯やって帰宅した。気の置けない同僚と過ごす楽しい一日だった。

——雅楽川さんは昨日、何してたのかな。

園のピンチを救ってもらってから今日で一週間。あれからずっと、潮田から聞いた話が頭を離れない。

『同じ年頃の子供たちと自由気ままに遊ばれた経験が乏しいので、どうしてもああいったぎこちない反応になってしまうのだと思います』

初対面は最悪だった。王子と称されるのも納得のルックスと、それをぶち壊す超絶上から目線。可愛い園児たちをあろうことかチンパンジー扱いするなんてと、腹が立って仕方がなかったが、それもこれもすべて行きすぎた帝王学の後遺症なのかもしれない。

園児たちにじゃれつかれていた理人は、困惑しつつも心底嫌ではなさそうだった。子供たちの無邪気な可愛さに、遅ればせながら気づき始めたのだろうか。

今、理人はどこで何をしているのだろう。一緒にランチを食べる友達はいるんだろうか。休日に映画を観たり飲みに行ったりする友人はいるんだろうか。現在特定の恋人はいないと園児たちには答えていたが、本当のところはわからない。「本当はいる」と言われたら、それはそうだろうと思う。あのルックスだ。世の女性たちが放っておくわけはない。

――いるんだろうな、本当は。

はあっと深いため息が出た。見たこともない女性の影が、なぜか気鬱《きうつ》を連れてくる。

「そういえば誕生日、今月って言ってたな」

――お祝いとか、してあげたいな。

ふと過った思いに、苦笑いが浮かぶ。知り合ったばかりの、しかも買収先の保育園の保育士に突然「誕生日を祝いたいんです」なんて言われたら、気味悪がられるのがオチだ。

——でも……。

山菜の天ぷらを口にした時の、驚いた顔が目に浮かぶ。高級料亭や洒落たレストランばかり利用している理人にとって、ごく普通の家庭料理は案外縁遠いものなのかもしれない。

真琴は意を決して立ち上がり、材料を調達しに近所のスーパーへと出かけた。

ひとり暮らしが長いおかげで料理のレパートリーはそれなりに豊富だ。定期的に食べたくなるものこそ自分が美味しいと感じている料理に違いないという独自の理屈に基づき、メニューは唐揚げや肉じゃが、炊き込みご飯といった「いつものアレ」ばかりになった。

「よし、できたぞ」

昼過ぎ、料理を作り終えた真琴はスマホを手にした。理人は真琴の電話番号を知らないが、実は真琴の方では彼の連絡先を知っている。シャワーを貸した日、帰り際に手渡された名刺の裏に、理人個人の携帯電話の番号がメモされていたのだ。

ドキドキしながら番号を押す。見知らぬ番号からだから出てくれない可能性もある。予定も確認していないのだから、電話に出てくれたとしても来られるかどうかわからない。

「お願い……出て」

願いが通じたのか、五度目のコールの後『はい』という声がした。

「あ、あの、突然すみません。秦野真琴です。しいのき山保育園の」

『真琴くん？　どうしたんだ。何かあったのか？』

連絡先を教えたことを忘れていたのか、それともまさかかかってくるとは思っていなかったのか、スマホの向こうから強い緊張と驚きが伝わってきた。

「すみません、驚かせてしまって。実はあの……」

今さらながらとんでもない企画だと、この期に及んで後悔が過る。しかしもう電話してしまったのだからこのまま突き進むしかない。

「雅楽川さん、今日も会社ですか？」

唐突だとは思うが、これを尋ねないわけにはいかない。

『そろそろ帰ろうと思っていたところだ。夕方からはオフにするつもりだ』

訝るような声色だったが、真琴はホッと胸を撫で下ろした。

「雅楽川さん、確か今月お誕生日ですよね」

『誕生日？　ああ……来週だが』

真琴は先日の創立記念イベントの際、理人が園児たちと誕生日の話をしていたのを耳にしたことを話した。

『きみが私の誕生祝いを？』

「お祝いなんて、そんな大したものじゃないんです。ただ、この間助けていただいたお礼に、またご飯を食べにいらっしゃらないかな……と」

『………』

理人が押し黙る。ほんの数秒の間が、半日にも感じられた。

『もう用意をしてしまったのか？』

「え？」

してしまった、とはどういう意味だろう。

『料理の準備をもう始めてしまったのか、と聞いているんだ』

真琴は咄嗟《とっさ》に「いえ、まだですけど」と嘘《うそ》をついた。当人の都合も聞かないうちに料理をあらかた作り上げてしまったと聞いたら、ドン引きされるに決まっている。誕生日を祝ってあげたいという一心だったとはいえ、前のめりにもほどがある。

『それならよかった。申し訳ないが、きみに誕生祝いをしてもらうわけにはいかない』

「……え」

『きみの心遣いはとても嬉しく思う。しかし』

理人は一瞬言い澱み、それからはっきりとした口調でこう告げた。

『きみがしいのき山保育園を大切にする気持ちは、とても尊いと思う。職務に対する真摯《しんし》な取り組みも非常に立派だ。しかしきみのそういった姿勢を認めつつも、私はわが社の計画を進行しなければならない。無論話し合いの必要はあるが、きみがそうしているように、私も自分の仕事に真摯でありたいと思っている』

誕生祝いと仕事に対する姿勢の関連性が俄《にわ》かには理解できず、真琴は眉根を寄せた。

『私の誕生日を気にかけてくれたことはありがたいと思っている。ただきみと個人的に会うことによって、今回の計画を変更することはありえない。そのことは理解してほしい』

「おれ、そんなつもりじゃ」

理人の言わんとすることがようやくわかった。誕生祝いをすることによって『上原沢ショッピングパーク』の建設計画に手心を加えてもらおう。社長である理人に取り入ってでもしいのき山保育園を守りたい。理人は真琴がそう考えていると思ったのだ。

――違う。おれはそんなこと全然……。

しいのき山保育園を守りたい気持ちに変わりはない。ただ理人の誕生日を祝いたい気持ちは純粋なものだった。理人の喜ぶ顔だけを思い浮かべて料理を作ったのに。

スマホを持つ手が冷えていく。サプライズを仕掛けるウキウキで躍っていた心も、あっという間に芯《しん》まで冷たくなった。

おれのことそんなふうに思っていたんですか――。喉まで出かかった言葉を呑み込む。

理人と自分の置かれた立場を考えれば、当然のことなのかもしれない。

「そうですね。こんなお誘い、ご迷惑でしたよね。すみませんでした」

『迷惑だとは言っていない。ただ――』

「もう二度と電話はしません。番号も削除しますのでご安心ください」

『真琴くん、あの』

「さようなら」

理人がまだ何か言いかけたが、真琴は冷たい指先で「通話終了」を押した。そのままスマホをテーブルに放り出すと、勢いよくベッドにダイブした。安物のベッドがギギィッと音をたてる。

ひどい気分だった。ベッド以上に心が軋《きし》んでいる。どこかが捩じれてしまったみたいに、痛くて苦しい。

理人が電話に出ないとか、先約があって来られないとかいう可能性は十分あるとわかっていた。けれどどこんな理由で断られるなんてことは、想像していなかった。

――おれをドライブに誘うつもりだったたって、言ってなかった？

あれは口から出任せだったんだろうか。

「何考えてるのかわかんないよ、もう」

ぐるんと寝返りを打つ。ベッドは律義にギギッと答える。ふとキッチンに視線をやると、テーブルの上にラップをされた大皿が並んでいるのが見えた。

「我ながらバカなことしたよな……」

もしも理人が来られなかったら、三日くらいかけてひとりで平らげるつもりでいた。いつもの料理をいつものようにひとりで食べるだけと軽く考えていたけれど、実際こうなってみるとまったく食欲が湧いてこない。もう夕方と呼べる時刻なのに、ちっともお腹《なか》が空《す》かない。

「こんなに作っちゃって、どうするんだ、おれ」

また俊太を呼ぼうかと思ったが、確か今夜は用事があると言っていた。真琴はのろのろとベッドから立ち上がると、キッチンに向かい冷蔵庫を開けた。

「あっ……」

目に飛び込んできた白い紙箱に真琴は脱力した。誕生日といえばケーキだろうと、スーパーの帰り道にイチゴのショートケーキをふたつ買ってしまったのだった。

「まずこれを食べなきゃ……」

ふたつも食べられるだろうかと思ったら、大きなため息が出た。

山菜を振る舞った日、真琴は理人に言った。

『誰と食べるか、どこで食べるか、どんな気持ちで食べるか……。例えばちょっとくらい味つけに失敗しても、好きな人と食べたら最高に美味しいと思うんです』

あれはまさに真実だったと、今身をもって感じている。

『……美味いな』

理人の嬉しそうな声が蘇る。

「雅楽川さんに、会いたいな」

ポツリと本音が零れ落ちる。鼻の奥がツンとして、ふんわりふわふわのケーキを、やけくそ気味に口に放り込む。

「ハッピーバースデー、雅楽川さん」

小さく呟いたら、つやつやのイチゴの上にほろりとひと粒涙が落ちた。

「どうしよう」

むしゃむしゃとケーキを口に詰め込む。

「どうしよう」

理人のことを好きになってしまった。

「ほんと、どうしよう」

涙が頬を伝う。返事をする者などいないとわかっていても、呟かずにはいられなかった。


「まこちゃんせ〜んせ」

その日、給食が終わりお昼寝の準備をしていると、年長組のサヤがいつになく神妙な表情で近寄ってきた。

「どうしたの？　サヤちゃん」

「せんせえ、なんかちょっと、元気なくない？」

「え、そう？」

「きゅうしょくたべてるとき、何回もためいきついてたよ？」

「そ、そうだった……かな？」

「うん。こ～んなかんじで」

サヤは五歳児とは思えない大人っぽい表情で頬に手を当てると、「はあ」と物憂げなため息をついてみせた。

「もしかして、しつれんでもした？」

思わぬ角度から図星を突かれ、真琴は「へ？」と声を裏返してしまう。

「やっぱりサヤの思ったとおり。まこちゃんせんせえって、あんがい女心わかんないタイプかもって、思ってたのよね」

「サヤちゃん……」

俊太ではないが、保育園児とはいえ女の子は女の子。本当に侮れない。

「まあ、早くあたらしいこいを見つけることね。そしたら、たちなおれるから」

「新しい……恋」

オウム返しに呟くと、近くにいた沙織がぷっと噴き出した。

「いや、あのね、先生は別に失恋なんて」

「ドンマイ。人はしつれんをして、大人になるものよ」

サヤの励《はげ》ましに、わらわらと園児たちが集まってくる。

「まこちゃんせんせえ、しつれんしたの？」

「せんせ、だれにしつれんしたの？」

「まこちゃ、ちぇんちぇ、いいこ、いいこ」

二歳のチエミに頭をなでなでされ、さすがに笑うしかなかった。この分では今日中に「まこちゃん先生が失恋したらしい」という誤情報が園内に広がってしまうだろう。

——あながち誤情報でもないんだけど……。

脳裏に浮かびそうになった顔を、頭を振って追いやる。

「まこちゃんせんせえ、こっち来て。いいもの見せてあげる」

ツンとシャツの裾を引っ張ったのは、虫博士の賢人だった。

「こないだのトンボね、とうとうつかまえた」

「この間の？　見たことのないって言ってたやつ？」

賢人が「うん。そう」とにっこり頷く。

先日「見たことのないトンボを見つけた」と賢人が駆けつけてきた。しかしその直後、椎の木の三本目の枝に登れたと維月に呼ばれ、そちらに向かってしまった。賢人を待たせている間にトンボは飛んでいってしまった。

賢人に手を引かれて園庭の片隅へと急いだ。草むらに置かれた虫かごに、そのトンボは入っていた。

「本当だ。あんまり見たことない形だね。ていうか賢人くん、トンボって秋の虫じゃなかったっけ?」

「たぶん、これはシュンキシュ?」

「シュンキシュ」

「春にとんでるトンボ」

四月頃に成虫が現れ、夏の訪れと同時に姿を消してしまう種類を「春季種」と呼ぶのだという。今は時期的に春季種と夏季種の変わり目なのだが、目の前のトンボはどうやら春季種の生き残りらしいと賢人が教えてくれた。

「ヨツボシトンボににてるけど、はねの形がちょっとちがう。ずかんでも見たことない」

虫博士の目は大人顔負けだ。

「ねーねー、賢人くん、トンボさわらせて」

年少組の男の子たちが集まってきた。優しい賢人は「いいよ」と慣れた手つきでトンボを虫かごから出す。ところが男の子のひとりがその羽を摑もうとした瞬間、トンボがバタバタと勢いよく羽ばたいた。

「うわあっ」

驚いた男の子は、思わず指を放してしまう。慌てて捕獲しようした真琴の手を掠《かす》め、トンボは空へと飛び立っていってしまった。

「あーあ、とんでっちゃった」

賢人はがっかりしたように空を見上げた。

「賢人くん、ごめんね」

べそをかく男の子に、賢人は肩を竦めて「またつかまえるからいいよ」とにっこり笑った。なんていい子なのだろう。真琴は目頭を熱くした。

「賢人くん、次にあのトンボを見つけたら、捕まえるの手伝うから必ず先生を呼んでね」

「ほんと？　まこちゃんせんせい、やくそくだよ？」

真琴は「約束する」と頷き、空の虫かごごと賢人をむぎゅっと抱きしめた。


土曜日、和孝から誘いの連絡があった。

あれから電話が鳴るたび、理人からではないかとドキドキしていたが、待ち望んでいる番号が表示されることはなかった。理人のスマホには先日真琴がかけた電話の履歴が残っているはずだ。番号を知っているのにかけてこないという事実が、真琴の心を重くした。

――つまり会いたくはないってことだよね。

なんの予定もない週末。ひとりの部屋で朝から晩までため息ばかりついているより、あまり気乗りはしないけれど、元カレと近況報告をし合う方がまだ健全かもしれない。そう自分に言い聞かせ、夕刻の繁華街へと向かった。

上原沢駅近くの居酒屋で乾杯した。高二で自然消滅してから七年、和孝と酒を酌み交わす日が来るとは思ってもみなかった。

「悪いな、こんな安い店で」

「ここ、同僚とたまに来ますけど、焼き鳥とか美味いですよ」

「値段の割に、だろ?」

和孝は、安い店は味もそれなりだと決めてかかっているようだ。この居酒屋の焼き鳥は店主自らが炭火で焼いているから香ばしくて本当に美味いのに。高級な焼き鳥店の味を知らないから比べようもないが、真琴の中ではここの焼き鳥が一番だ。

「仕事決まったらもっといい店で奢るから、今夜のところは我慢してくれ」

悪気がないとはいえ店員に聞こえたら失礼だろうと、ひやひやする。

『時々利用する割烹でも、こんなに美味い料理は食べたことがない』

目を丸くした理人の顔を思い出したら、意図せずふっと口元が緩んだ。

「よかった。真琴が楽しそうで。俺なんかと飲んでも楽しくないんじゃないかなって、実はちょっと心配してたんだ」

「そんなこと……」

あの頃の和孝は、よくも悪くも自信家だった。仕事が決まらない焦りがそんな卑屈《ひくつ》な言葉を口にさせるのだろうかと思ったら、ちょっと胸が痛んだ。

「一応名の通った大学を卒業して、それなりの企業に就職したのに、三年やそこらで辞めちまうことになるなんて。運がないよな、俺も」

酒が回ったのか、和孝は次第に愚痴っぽくなっていく。

「真琴はいいよな。最初から自分のやりたいこと決まってたんだろ？」

「ええ、まあ」

将来は保育士になろうと、高校生の頃には決めていた。

「羨《うらや》ましいよ。俺には夢とかそういうの、全然なかったから」

「でも毎日想像以上に大変で。体力も気力もフル回転ですけど」

「俺も早く言ってみたいよ。毎日忙しくて忙しくて、とか」

「働き始めたらきっとすぐにそうなりますよ」

真琴の励ましに、和孝は「だといいけど」とため息をつき、ジョッキのビールを飲み干すと、すぐさま店員にお代わりを注文した。かなりピッチが速い。

「去年の秋にパワハラ系の上司が転勤してきてさ、俺、目をつけられたみたいで」

やることなすことを否定され、仕事への情熱を失《な》くしてしまったのだという。

「数字はそこそこ上げてたのに、取り組む姿勢が間違っているだの、きみならもっと結果を出せるはずだの、いちいち揚げ足取られて……もう無理って」

割りばしの袋を折りながら呟く和孝の表情は暗い。

楽しいばかりの仕事なんて、きっとどこにもない。真琴だって時には失敗をして落ち込むこともあるけれど、今の仕事を辞めたいと思ったことは一度もない。他にはなんの取り柄もないけれど、保育士という仕事に懸ける情熱だけは誰にも負けない。

——そんなふうに思えるおれは、幸せなんだろうな。

せめて愚痴くらい聞いてやろうと、真琴は和孝の話に耳を傾けた。

それから二時間近く、和孝は飲んでは愚痴り、愚痴っては飲みを繰り返した。次第に呂《ろ》律《れつ》が回らなくなってきた和孝が心配になり、真琴は「あの」と切り出した。

「そろそろ出ませんか」

店の外のベンチに、入店待ちの客が座っているのが見えた。和孝はまだ話したそうだったが、思ったより素直に「そうだな」と立ち上がった。ぐらつく身体を真琴が支えた。

年上とはいえ求職中の人間に全額ご馳走になるのも気が引けるし、かといってこちらが奢れば和孝のプライドを傷つけるだろう。真琴は横目で支払額を確認し、店を出たところで千円札を数枚差し出した。和孝はそれを申し訳なさそうに受け取りながら「仕事が決まったら」「今度はもっといい店で」と繰り返した。レジの店員がチラリと睨んだことに、気づく様子はなかった。

正直言って少し疲れた。ポカをして園長に叱られた俊太の愚痴をひと晩中聞かされた日より、何倍も疲れた気がする。再就職が上手くいかないことを気の毒だとは思うけれど、今の真琴にしてやれることは多分何もない。冷たいようだけれど結局、和孝の人生は和孝自身が切り開いていくしかないのだ。そんなことを考えていると、和孝がおもむろに足を止めた。

「どうしたんですか？」

具合が悪くなったのだろうかと、真琴も歩を緩めた。

「……真琴」

和孝の瞳がさっきまでとは違う種類の湿度を帯びている。嫌な予感がした。

「酔いが回ったみたいだ。どっかでちょっと休んでいかないか」

思った通り、和孝は陳腐な誘いの常套《じょうとう》句《く》を口にした。真琴は静かに首を振った。

「酔っているなら早く家に帰った方がいいです。大通りまで出てタクシーを――っ」

いきなり手を引かれ、真琴はたたらを踏む。

「こっちに行こう」

和孝は大通りと反対方向へ向かおうとする。ホテル街の方向だ。

「ちょっと待ってください、和孝先輩。おれ、そういうつもりないですから」

手を振り払おうと腕を上げると、和孝は放されまいとますます力を込める。汗ばんだ手のひらの感触に、背中がぞわりとした。

「そういうつもりって?」

「先輩と、よりを戻すつもりはないという意味です」

「じゃあなんで来たんだ」

「なんでって……」

「俺たち昔、つき合ってたんだよな? 他人じゃないよな? 元カレの誘いを断らなかったってことは、そういうことだろ」

呂律の回らない口調で、和孝は無茶苦茶な理屈をぶつけてくる。

「おれはそんなつもりじゃ」

「じゃあどういうつもりなんだよ」

目が据わっている。こんな和孝を見るのは初めてだった。

「なあ真琴。俺、今結構辛《つら》いんだよ。仕事全然決まらないし、焦るし……お前ならわかってくれるだろ?」

潤んだ目で和孝がすり寄ってくる。マズイなと思った。

「より戻すとか、そういうんじゃなくていいんだ。今夜ひと晩だけ慰めてほしいんだ」

「和孝先輩……」

つき合っていた頃、和孝と交わしたのはキスまでだった。互いにまだ高校生だったから、身体の関係を持ったことはなかった。

「なあ、頼むよ真琴。ひと晩だけ」

媚《こ》びるような色合いを強めていく和孝に、真琴の心はどんどん冷えていく。

しっかりしてください和孝先輩、そんな情けないことを言う人じゃなかったでしょ――。浮かんでくる思いをしかし、真琴は胸に押し込める。どれほど情けないことを言っているのか、酔いが醒《さ》めればきっと気づくはずだから。

「ちょっと飲みすぎちゃいましたね。帰りましょう」

「なあ、真琴、頼むから――」

「お断りします」

きっぱり断ると、どろりと濁った和孝の目が鈍く光った。

「もう一回言いますけど、おれは先輩とよりを戻すつもりはありません。一夜の相手を探すなら他を当たってください」

ご馳走さまでしたと背中を向けると、すぐに背後から肩に手がかかる。

「待てよ」

「放してください」

「いいからついてこいって」

酔いに任せたバカ力で、ぐいっと肩を引かれた。尻餅《しりもち》をつきそうになった瞬間、別の角度からすっと伸びてきた腕に支えられた。スーツと革靴が目に入った。通りがかりのサラリーマンが見かねて手を差し伸べてくれたのだろう。

「すみません。ありがとうござい――」

礼を言おうと顔を上げた真琴は、そのままの姿勢で息を呑んだ。

「どうして……」

雅楽川さんがここにいるんですか？　そう尋ねる前に、理人が口を開いた。

「怪我はないか」

前髪がひどく乱れている。呼吸も。

「はい……大丈夫です」

理人は安堵《あんど》したように小さく頷くと、和孝の方へ向き直った。

「真琴くんはきみとよりを戻すつもりはないそうだ。これ以上つきまとうのはやめなさい」

すらりとしたスーツ姿に、乱れていても美しいブロンドヘア。気品溢《あふ》れるオーラを漂わせたそのシルエットは、居酒屋が軒を並べる裏路地にあまりにも不似合いだった。

「お前、誰だ」

語尾が震えている。和孝も突然現れた王子の圧倒的オーラに気圧《けお》されているのだろう。

「人に名前を尋ねるのなら、自分から先に名乗るのが礼儀じゃないかな」

理人が見下ろすように諭すと、和孝は「なんだと？」と目を眇《すが》めた。

「真琴、このガイジン、お前の知り合いなのか」

あまりに失礼な物言いに、真琴は和孝を睨みつけた。

「ずいぶんいいスーツ着てるな。どっかの金持ち社長とか？」

和孝が真琴と理人を交互に見やる。ふたりとも答える気がないとわかると、キレたように「答えろよ！」と叫んだ。理人が一歩前へ出る。

「その通り。私は金持ちだし社長だ。スーツは祖父の代から銀座《ぎんざ》の老舗《しにせ》テーラーにオーダーしているが、あらためて尋ねたことがないので価格はわからない。すまないな。他に何か聞きたいことは？」

理人の淡々とした返答に、和孝は口元を卑屈に歪めた。

「自分で金持ちとか言ってるし」

「きみが答えろと言うから正直に答えたまでだ」

「謙虚っていう言葉を知らないんだな。これだからガイジンは」

睨み上げる和孝に、理人がふっと笑った。

「何がおかしいんだ」

「いや、ガイジンとからかわれたのは小学生の時以来だなと、懐かしくなってね」

暗に低レベルだと蔑まれてカチンときたのだろう、和孝が理人の胸をドンと強く突いた。

理人は近くにあったブロック塀に、背中を強《したた》かにぶつけた。

「雅楽川さん！　大丈夫ですか」

「大丈夫だ。どうってことない」

理人はにっこり微笑んでみせたが、真琴は和孝を鋭く睨みつけた。

「いい加減にしてください、和孝先輩。今夜のあなたは、ほんと最低です」

「こいつが先に暴力を振るったんだ。言葉の暴力ってやつを」

小学生並みの屁理屈《へりくつ》ですね。喉元まで出かかった言葉をどうにか呑み込む。理人は真実を告げたまでなのだが、言い返せばまた和孝の理不尽な怒りの火に油を注ぐだけだ。

高校生の頃とはいえ、一時でもこんな男に惹かれた自分が情けなくなる。本性を見抜けなかっただけなのか、それとも和孝が変わってしまったのか。どちらにしてもやりきれない寂しさが込み上げてくるばかりだ。

「行こう。真琴くん」

理人の手がさりげなく背中に触れる。ドクンと心臓が鳴った。

これ以上和孝といる理由はない。真琴は頷き、理人に背中を押されるようにして、大通りへ向かって歩き出したのだが。

「そんな上物の金づるがいたら、失業中の元カレになんか、靡くわけないよなあ」

無視して遠ざかるふたりの背中に、和孝はさらに続ける。

「お前って案外誰にでも股《また》開く奴だったんだな。一回いくらもらってるんだ？　可愛い顔してやることがえげつないな」

――言いたいこと言いやがって。

唇を噛みしめた真琴の背中から、ふっと手のひらの感触が消えた。隣にいたはずの理人がつかつかと大股で和孝の方へ向かっている。

「雅楽川さ――」

呼び止める前に、パンと乾いた音がした。

和孝がよろめき、頬を押さえて路上にへなへなと座り込んだ。

――えっ……。

「痛っ……何すんだよ」

和孝が怯《おび》えた瞳で理人を見上げる。

――雅楽川さんが、平手打ち……。

よもやの展開に、真琴も驚きで言葉を失った。

「私のことはガイジンでもなんでも好きに呼べばいい。蔑みたければ気の済むまで蔑めばいい。けれど真琴くんを侮辱するのは絶対に許さない」

ひと言ひと言に、強い怒りが滲《にじ》んでいた。

「金輪際、真琴くんには近づかないでもらいたい。私には金があるとさっき言ったよな？万が一彼の周りをうろつくようなら、惜しみない予算とありとあらゆる手段できみを排除する。肝に銘じておけ。いいな」

念を押すように和孝を睥睨《へいげい》し、理人が戻ってきた。

「行こう」

頷きながら小さく振り返ると、和孝がよろよろと立ち上がるのが見えた。理人は歩きながら自分の手のひらをどこか呆然とした表情で見つめている。己のしたことが信じられない。そんな横顔だ。

何があっても暴力はいけないと、自ら園児に諭していた。行き着くところは戦争だとまで言っていた。そんな自分があろうことか他人に平手打ちを喰らわせたのだから、相当なショックを受けているに違いない。

「偶然じゃないですよね」

大通りの歩道へ出るなり真琴は尋ねた。

「もしかして尾行していたんですか？　おれのこと」

理人は我に返ったように顔を上げ、「違う。尾行などしていない」と首を振った。

「偶然なんだ」

理人はこの日、自社の担当者や下請け建設会社の責任者と共に、上原沢駅前のホテル予定地を視察していた。その帰り道、偶然見知らぬ男とふたりで居酒屋に入る真琴の姿を見かけ、車を降ろしてもらったのだという。

「まさかそれからずっと……」

居酒屋には二時間以上いたはずだ。理人はその間、自分たちが店から出てくるのをひたすら待っていたというのか。真琴は呆然とする。

「きみが元カレとふたりで酒を飲むのを、看過できなかった」

驚いたことに理人は、和孝が真琴の高校時代の元カレであることだけでなく、数年ぶりに再会して食事に誘われていたことまで知っていた。

「なんでそんなことまで雅楽川さんが知っているんですか？　誰かに聞いたんですか？」

訝る真琴に、理人は眉をぴくりと動かしそのまま小さく項垂れた。

「すまない。実は」

なんと理人は一週間前、アパートのキッチンで俊太と話していたことを通路で立ち聞きしていたのだという。真琴は驚愕する。

「えっと、おれに何か用が……？」

着替えに貸したユニフォームはとっくに返してもらった。他に理人がアパートを訪ねてくる理由が思いつかなかった。

「用事があったわけじゃない。ただきみの顔を見たくなった」

電話番号もメールアドレスも知らなかったので、一か八かで直接訪ねてみた。真顔でそう言う理人に、真琴は怒りも驚きを通り越し唖然《あぜん》とする。

「完全無欠の元カレときみを、どうしても会わせたくなかった」

「完全無欠?」

真琴はきょとんと首を傾げる。完全無欠なのは、誰が見ても理人の方だろう。

「彼はモデルなんだろ?」

「は?」

「あの日、俊太先生がそう言っていた」

真琴はああ、と天を仰《あお》ぐ。

「一度、美容院のカットモデルをしたことがあるだけです」

知り合いの間を噂が巡るうち、いつの間にか尾ひれがたくさんついていた。

「サッカー部の部長だったというのは」

「それは本当ですけど」

「さっきの様子からは想像がつかないが、少なくとも当時は人望が厚かったのだろう。しかも祖先が戦国武将とくれば……気にならないわけがないだろう」

和孝の祖先が戦国武将だったなんて初めて聞いた。あの日俊太とそんな話をしただろうか。真琴はますます深く首を傾げる。

「雅楽川さん、どうしてそこまで和孝先輩のことが気になるんですか」

真琴が元カレと酒を飲むことを、なぜ理人が「看過できない」のかわからない。帰りとはいえ仕事の途中で車を降り、二時間も見張っているなんてまったく意味不明だ。

誕生日を祝いたいという真琴の誘いを、理人は拒んだ。もちろん理人の都合も聞かずに真琴が勝手に計画したことなのだから、恨むのは筋違いだとわかっている。サプライズに失敗はつき物だ。けれどあれからまだ一週間しか経《た》っていない。

『もう二度と電話はしません。番号も削除しますのでご安心ください』

身を切るような思いで口にした台詞は、理人の耳に届いていなかったのだろうか。どんな思いで告げたのか、わかっているのだろうか。

「……一体なんなんですか」

ぼそりと呟くと、理人が目を眇める。

「わけがわからないです」

思わず責めるような口調になってしまった。

理人が何を考えているのかさっぱりわからない。元カレとふたりきりにしておけなくて、店から出てくるのを待っていたなんて。

——それじゃまるで、おれのことが……。

「私は、きみが好きだ」

「……っ」

あまりに真摯なその瞳に、一瞬呼吸を忘れた。

「気づいたら好きになっていた」

「じょ、冗談はやめ」

「冗談などではない。毎日毎晩きみのことばかり考えている。日々の業務に支障をきたしそうなほどだ。けれどもう引き返すことはできない。引き返すつもりもない。それほどきみに強く惹かれている」

熱っぽく潤んだダークブラウンの瞳に射られ、身動きが取れなくなる。

「こんな気持ちになったのは初めてなんだ」

「雅楽川さん……」

「きみの気持ちを知りたい。真琴くんは私のことをどう思っている？」

宵闇《よいやみ》の喧騒も行き交う人の声も姿も、何もかもが消えた。

今、真琴の目に映るのは、目の前で自分を見つめるふたつの宝石のような瞳だけだ。

「おれは……」

互いの置かれた立場はよくわかっている。それでも雅楽川理人というひとりの人間に、これ以上ないほど惹かれている。胸の奥でくすぶり続け、徐々に熱量を上げるこの思いを、なかったことになどできない。引き返せないと理人は言った。真琴も同じ気持ちだった。

――おれも好きです。雅楽川さんが。

素直な気持ちを告げようとしたその時だ。

「たとえきみが計算ずくで私に近づいたとしても、それでも私は構わない」

冷静な表情で吐き出されたその言葉に、真琴は思わず俯けていた顔を上げた。

ショートケーキに乗っていたイチゴの甘酸っぱさが鮮やかに蘇る。

『私の誕生日を気にかけてくれたことはありがたいと思っている。ただきみと個人的に会うことによって、今回の計画を変更することはありえない。そのことは理解してほしい』

ひややかな声で告げられた台詞は、今も真琴の胸に刺さったままだ。

「違っ、おれはそんな」

「いいんだ。きみが園を思う気持ちはよくわかっているつもりだ」

言下に言い訳を封じられ、真琴はぐっと拳を握った。

本当にそんなつもりじゃなかった。誕生日を祝いたい、その一心だった。泣きながらひとりで食べたケーキの味を、舌が心が、まだ鮮明に覚えている。

――やっぱり本気でそんなふうに思ってるんだ、おれのこと。

園を守るために計算ずくで理人に取り入り、落とそうとしたと。

――ひどい……。

あまりのことに涙も出なかった。心がシンと冷えていく。

「計画の中止は難しいが、お互いに歩み寄れるポイントがないか、もう一度考え直してみようと思っている。きみがそれほどまでして保育園を守りたいと願う気持ちを、私なりにできる限り尊重したいと思っている」

「………」

歩み寄れるポイントなど、きっとどこにもない。理人はやはり園の敵で、憎むべき相手で、それなのにこんなにも好きになってしまった。

ひどいことを言われていると頭ではわかっているのに、心はぐらぐらと揺れる。

「おれなんかの、一体どこを好きになってくれたんですか」

絞られるような心の痛みをこらえて尋ねる。

「すべてだ。優しそうな顔をして芯の強いところも、誇りを持って仕事に臨んでいるところも、天ぷらを揚げるのが上手いところも、何から何まで」

噛みしめるように理人が言う。真剣な瞳が嬉しくて、だからこそ悲しい。

「そんなふうに言っていただけて光栄です。おれがどれほどしいのき山保育園を大切にしているのかわかってもらえて、嬉しいです」

薄笑いを浮かべて淡々と話す声が、自分のものではないみたいだ。透明だった心の湖に汚泥が注がれていくような気がした。腹の底から沸き起こってくるどろどろと濁った感情が、徐々に心を満たしていく。

「雅楽川さんがそこまでおっしゃってくださるんなら、おれもちゃんと考えないといけないですね」

「真琴くん……」

理人の瞳に微《かす》かな期待の色が宿る。

「こういう場合、まずは身体の相性から、ですかね」

「相性？　どういう意味だ」

期待の色は一瞬で霧散した。

「野暮なこと聞かないでくださいよ。そういう意味ですよ」

何を今さらとばかりに肩を竦めてみせると、理人はダークブランの瞳を強く眇めた。

「ていうかおれ、男ですけど大丈夫なんですか」

尋ねると、理人は逡巡《しゅんじゅん》するように瞳を揺らしながらようやく口を開いた。

「好きになった相手の性別は関係ない」

どうやら理人はバイらしい。過去には男性とも女性ともつき合ったことがあるのだろう。

一体どんな人が理人に抱かれたのだろう。考えたら胸の奥がズキンと痛んだ。

「だったら善は急げですね。今から雅楽川さんの家に行っちゃって大丈夫ですか？」

スナック菓子のような軽い口調に、理人は「えっ」と瞳を見開いた。

「だっておれのこと、好きなんですよね？」

にっこりと微笑んでみせると、理人はこれまで一度も見せたことのない、ひどく困惑した表情を浮かべた。そんな顔すら気品に満ちていて、本当にずるい人だと真琴は思う。

「やっぱり無理か。ですよね〜、いきなりなんて。また別の機会に——あっ」

背を向けようとした真琴の手首を、理人が素早く掴んだ。その手に込められた力の強さに、ドクンと鼓動が跳ねる。

「行こう」

「……え」

「車を拾おう。おいで」

真琴の手首を握ったまま、理人が歩き出す。

——本気で……するつもりなんだ。

自分から言い出したくせに、真琴は早くも怖気《おじけ》づく。

「どうした。やっぱり嫌だなんていうのはナシにしてくれよ」

イニシアティブを奪われそうになり、真琴は奮い立つ。誘ったのはあくまでも自分だ。

「まさか」

理人の手をやんわり解《ほど》き、真琴はスタスタと歩き出す。

「雅楽川さんこそ、途中で気が変わったとかいうのはナシにしてくださいよ」

声は震えていないだろうか。笑顔は引き攣っていないだろうか。真琴は必死に余裕《よゆう》

綽々《しやくしやく》を装う。

「私の気持ちは変わらない」

理人はその大きな手のひらを、真琴の背中にそっと添えた。さっきより少し高い体温が伝わってくる。真琴は身を硬くし「ならよかったです」と消えそうな声で呟いた。

＊＊＊＊＊

「わぁ……いい匂い」

玄関を入るなり、真琴が感嘆の声を上げた。いくらか緊張しているのだろう、かなり控えめな声だが、心からそう言っていることは伝わった。

「可愛い薔薇」

玄関ホールに設えた花台の薔薇に、真琴が目元を緩めた。

「きみのために用意したんだ」

真琴は振り返り、「へ?」と驚いたように目を瞬かせた。がちがちに固まっていたかと思えば、不意に無防備な表情になるからたまらなくなる。

「実はきみのアパートを訪ねた日、渡そうと思ったんだ」

勇んで抱えていったのだが、先客があったため持ち帰ったのだと正直に打ち明けた。タクシーの運転手にプレゼントしようとしたのだが、エントランスまで追いかけてきて『いただけません。困ります』と突き返されたことは伏せておいた。

「そうだったんですか」

「気に入ってくれてよかった」

まだ持つだろうから持って帰ってくれと言うと、真琴は静かに首を振った。

「こんな豪華な花束、うちみたいなアパートにはちょっと。そもそもこのサイズの花瓶がありません」

「花瓶ごと持っていって構わない」

できることならもらってほしいという気持ちが顔に出てしまったのだろう、真琴が困惑したように苦笑する。

「こうして見せていただいただけで満足です。ありがとうございました」

ぺこりと頭を下げる真琴を、その場で抱きしめてしまいそうになった。

「こっちだ」

リビングへ案内する。後ろを歩く真琴をそっと振り返ると、ロボットのように手と足が一緒に出ている。自分から誘ったくせに何を話しかけてもうわの空で、タクシーの中でもエレベーターの中でもほとんど無言だった。

——まさか後悔しているのか。

過った不安を即座に打ち消す。後悔したと告げられたところで帰すつもりなどない。

——たとえすべて園のためだとしても……。

ともすると溢れそうになる苦い思いを、胸の奥に押しとどめた。

「立派な……お部屋ですね」

などと言いつつ、真琴は壁の一点を見つめたまま石膏像《せっこうぞう》のように固まっている。甘い雰囲気とはかけ離れたその表情は、まるで入学試験に臨む学生のようだ。

——まったく、一体何をされると思っているんだか。

獣のように襲いかかられるとでも思っているのだろうか。やれやれと肩を竦めたくなるけれど、それも真琴の一面だと思えば愛おしさが込み上げる。

それにしても、かつて自分はどんな手順で恋人と身体を重ねていたのだろう。呆れるほど何も覚えていない。彼ら彼女らの顔も忘れてしまったけれど、どんな夜も成り行き任せで、事に及ぶ手順など考えたこともなかったことだけは確かだ。

ソファーに腰かけるように促し「何か飲むかい？」と尋ねた。真琴は俯いたままふるんと首を振った。理人は真琴の隣にそっと腰を下ろす。ほんの小さな振動に、真琴がびくんと身を竦ませた。

「緊張しているのか」

「ま、まさか」

「本当に？」

「緊張なんて、全然」

ははっと笑う声も横顔も、どこか引き攣っている。

「それならよかった。ようこそ。来てくれて嬉しいよ」

耳元で囁くと、真琴がまたビクンと身を竦ませた。

「とっ、突然伺って申し訳ありません。お世話になります」

「お世話にって……」

色気の欠片もない挨拶《あいさつ》に、理人は噴き出しそうになる。

「そんなに緊張しないでくれないか。無理矢理押し倒したりするつもりはないから」

嘘だった。本当はシャワーも何もかもすっ飛ばして抱きたい。きっちり上まで留めたシャツのボタンを弾《はじ》き飛ばし、この腕にかき抱きたい。

「……すみません」

「謝らなくていい。そういう私も、実はちょっと緊張している」

「う、嘘です」

頭を振る真琴の手を取り、左胸に宛がった。ドクドクという鼓動を感じたのだろう、真琴がハッと顔を上げた。

目元がほんのりと朱に染まっている。普段の優しげな雰囲気からも、時折見せる芯の強さからも想像のできない、暴力的な色っぽさに頭がくらくらした。

「嘘じゃないだろ？」

微笑みかけると、真琴は耳まで赤くして頷く。

「年上の余裕を見せつけてやりたいところなんだが、どうやら難しいようだ」

自嘲《じちょう》の笑みを浮かべながらほっそりとした頤《おとがい》を持ち上げ、唇を重ねた。ほんの少し、ふわりと香るアルコールにチクリと胸の奥が痛む。

「……んっ……ふっ……」

うっすらと開いた歯列の隙間から舌を滑り込ませる。強引にならないように、などと考えていられたのは一時のことだった。物慣れない仕草で回された手に、おずおずと背中をなぞられ、理人のストッパーは呆気なく崩壊する。

本当は甘い雰囲気になる前に、件《くだん》の計画の変更について少し話をしたいと思っていた。けれどのけっから予想外の色気を見せつけられ、そんな余裕はなくなってしまった。

――くそっ。

形のいい後頭部を片手で押さえ、ぐっと舌を挿し入れた。上顎の奥をざらざらと舐《な》め回すと、真琴は目を閉じたままびくんと身体を竦ませた。

――感じやすいんだな。

普段は性的な匂いなど一切させない青年が放つ、問答無用の色香。清潔で清廉な顔の裏に隠されたぞくりとするほどのなまめかしさに、理人の心はいとも簡単に搦《から》め捕られてしまった。

口づけをしたままゆっくりとソファーに押し倒す。引きちぎりたい衝動を抑えながら、シャツのボタンをひとつひとつ外す。下着代わりのTシャツを捲り上げると、きめ細かく若々しい素肌に、ぷつりとふたつ並んだ桃色の粒が目に飛び込んできた。

――きれいだ……。

喉奥がごくりと浅ましく鳴った。そうしなくてはならないような気分になって、左の粒をちゅうっと強く吸った。

「あ、ああ……」

濡《ぬ》れた声が鼓膜から入り込み、理人の欲望をダイレクトに刺激する。左の粒に軽く歯を立てて甘噛みをしながら、右の粒を指で摘まんだ。こりこりと潰すように刺激すると、真琴はびくびくと身体を反らせた。

「やっ……めっ……ああっ」

「痛い？」

「痛くは……ないですけど」

真琴は上気した顔を恥ずかしそうに横に振った。

「恥ずかしいだけなら、やめない」

「あ、あぁ……やぁぁ……」

乳首を虐めながらベルトを抜き取り、ジーンズのファスナーを下ろした。滑り込ませた手のひらに、真琴の熱が伝わってくる。

「濡れている」

「い……言わないで」

真琴が泣き出しそうな顔を逸らす。赤く染まった首筋に、噛みつくようにキスをした。

「すまない。嬉しくて」

「……え」

「きみが、ちゃんと感じてくれていることが嬉しいんだ」

素直な気持ちを口にすると、真琴は一瞬驚いたように目を瞠《みは》り、それから細い腕でぎゅっと抱きついてきた。戸惑いと遠慮が入り混じった表情、微かに震える指先——本当に何もかもが可愛すぎる。限界だった。

ベッドへ移動しようとした時だ。タイミングを計ったように人工音声が流れた。

『お風呂《ふろ》が沸きました』

数分前、マンションのエントランスからリモートで風呂を沸かしておいたことを忘れていた。「お風呂」という言葉を耳にした途端、真琴はあからさまに動揺した様子で、よろめきながらソファーから立ち上がった。

「どこへ行くんだ」

ほっそりとした身体を、背中から抱き寄せる。

「あ、汗をかいたので」

「きみの汗の匂いなら、むしろ流さないでほしい」

首筋に鼻先をすり寄せ、すんと嗅《か》いでみる。言うほど汗臭《あせくさ》くなくて、ちょっとがっかりした。

「お、おれのために沸かしてくれたんですよね、お風呂」

抱きしめる腕の中で真琴が身を捩る。

「後でな」

「せめてシャワーだけでも」

「ならば一緒に浴びよう」

なかなか素敵な提案だと思ったのは理人だけだったらしい。真琴は首だけ捩って振り返ると、キッと目を吊り上げて「却下します」と言い放った。

「なっ……」

毎日のように部下の企画書を却下している理人だが、自分のプランが却下されることはほとんどない。理人に向かってこんなにはっきりと「却下」を突きつけてくるのは、世界中探しても真琴ひとりだろう。

『お断りします！』

初めて会った日の容赦のない一撃を思い出し、ちょっぴり愉快な気分になる。

「ひとりで浴びさせてください。お願いです」

肩越しに震える声で懇願され、理人は仕方なく腕を解いた。

「お先に失礼しますっ」

若干よろけながらバスルームに向かう背中を見送り、理人は苦笑する。

あっぱれなほど勝ち気で正義感が強い。そして誰より心優しい青年は、その愛らしいマスクの下に予想外の色気を隠し持っていた。見るたびに表情を変える秋の空のようで、目が離せなくなる。

──一体どれが彼の本当の顔なのだろう。

五つほども年下の青年に完全に翻弄《ほんろう》されている。

嬉しいような情けないような気分になり、理人はガシガシと髪を掻《か》き回した。

交互にシャワーを浴び、ベッドルームに移動した。キングサイズのベッドの脇で、真琴の腰に巻かれた邪魔なバスタオルを剝《は》ぐ。

「やっ……」

前を隠そうとする細い手首を摑んだ。今度は理人が十八番の「却下」を発動だ。

理人も自分のバスタオルを外す。健康のためにとジムで鍛え上げた身体は、服の上から見る以上にがっしりと筋肉に覆われている。露《あら》わになった肉体に、真琴が無言で息を吞むのがわかった。

生まれたままの姿になり、ふたりでベッドに腰をかけた。何か話した方がいいのかもしれないが、言葉がひとつも浮かばない。

――こんな時、何を話していただろう。

過去のあれこれを思い浮かべようとしてやめた。真琴は真琴。過去の誰とも似ていない。

シャワーソープの香りの身体をゆっくりとベッドに横たえる。丁寧に扱ったつもりなのに、ほっそりとした身体がスプリングに跳ねた。

日々子供たちと格闘しているだけあって、それなりに筋肉がついてはいるが、生来肉の薄いたちなのか、二十代半ばだというのにどこか少年っぽさを残している。

「あぁ……やっ……ぁぁ」

火照る身体を重ね、ゆるく勃《た》ち上がった欲望を手のひらで握り込み、上下に扱《しご》き上げると、真琴はあえかな声を上げて華奢《きゃしゃ》な腰を震わせた。

「ダメ……あぁ……」

ダメと訴えるその声にも色濃い快感が滲んでいる。手の中で硬さを増していく熱が、嫌がってなどいないことを教えてくれる。先端からトロトロといやらしい体液を零す、素直で敏感な身体が好ましい。

濡れた幹を、緩急をつけて刺激する。

「あっ……やっ……」

恥ずかしがっていやいやをするが、欲望からは蜜《みつ》が溢れ続けている。

「こんなに濡らして」

「言わないでっ……」

ぐずるような目で睨んでも、余計に理人を煽《あお》るだけだと気づいていないのだろうか。

細い首筋に唇を押しつけると「あっ……」と小さな嬌声《きょうせい》が上がる。そんな微かな反応さえ、理人をぞくぞくとさせた。

浮き出た鎖骨から薄い胸板、可愛らしい臍《へそ》から下腹へと舌を滑らせていく。淡い下生えに辿《たど》り着いた時、真琴が慌てたように身を捩った。何をされるのかわかったのだろう。

「ダ、ダメです」

「却下」

却下はやはりされるものではなく、自らするものだ。

「で、でも、そんなところ」

「なんのためにシャワーを浴びるのを許したと思っているんだ」

わざときつく睨みつけ、そのまま真琴を口内に含んだ。

「あぁ……っ……くっ……」

抵抗も虚《むな》しく、甘ったるい声を上げて快感の波に飲み込まれていく。

いやらしくて可愛い真琴。もっともっと啼《な》かせたい。

両脚を大きく開くと、付け根が不規則に痙攣《けいれん》した。これから施されることへの恐れから
か、それとも期待からか。

涙を流してそそり立った屹立《きつりつ》を、根元まですっぽりと口内に納める。ねっとりと舌を絡
めながら唇で扱き上げると、真琴は細い腰をぶるぶると震わせた。

「あ、あぁ……んっ」

じゅる、じゅっと音をたてて刺激する。真琴は何かに耐えるように両手でシーツを握り
しめた。

「……っ……あ、ぁっ……」

口の中でみるみる育っていく熱が愛おしくてたまらない。

「う、雅楽川、さっ……も、もうっ」

肌をピンク色に上気させ、涙声で訴える真琴は言葉にならないほど色っぽい。

「可愛いよ」

「やっ……あぁ……も、イッ……きそっ」

「イッていいよ」

敏感な先端の割れ目に舌先をぐっと挿し入れる。

「ひっ、あ、アア――ッ」

細い腰をビクビクと痙攣させ、真琴が果てた。口内にドクドクと体液が注がれる。理人はその愛おしい体液を、一滴残らず飲み干した。

「の、飲んじゃったんですか」

快感の余韻に浸っていた真琴が目を剝く。

「何か問題でも？」

「バッ……」

眦に涙を滲ませて、顔を背ける仕草が初々しい。

「イッたばかりのところすまないが」

壮絶にエロ可愛いイき顔を見せつけられ、理人の昂《たかぶ》りも限界に近づいていた。

いよいよ真琴とひとつになれる。逸《はや》る心を抑えつつ双丘の狭間《はざま》の蕾《つぼみ》にそっと指を忍ばせると、くったりとしていた真琴の身体がびくりと竦んだ。

「どうした」

「……いえ。なんでもありません」

なんでもないと言うその声が、微かに震えている。

「気になることがあるのなら言ってくれ」

「本当になんでもありません。続けてください」

やけに必死な表情が気になる。

「無茶なことをするつもりはないから、安心してほしい」

理人は優しく微笑み、少し汗ばんだ真琴の額にキスをした。

『こういう場合、まずは身体の相性から、ですかね』

さも遊び慣れているような物言いだった。しかしその後のビクビクした態度からは、彼がこういった場面にいかに慣れていないかが、ひしひしと伝わってくる。おそらく真琴は勢いで「身体の相性」だの「善は急げ」だのと口走ってしまったのだろう。

――すべてはしいのき山保育園のためか。

胸の奥が鈍く痛む。たとえ真実だとしてもそれが「すべて」だとは思いたくない。いくら大切なものを守るためとはいえ、嫌いな相手とこんなことをしたいとは思わないはずだ。恋だの愛だのには程遠いとしても、せめて嫌われてはいないと思いたい。

もう一度、秘めた蕾に指を伸ばす。すると真琴はさっき以上に強く身体を竦ませた。

「真琴くん……？」

「す、すみません、大丈夫ですから続けてください」

慌てる真琴の手が微かに震えているのを見て、理人はハッとした。

「真琴くん、もしかして初めてなのか」

元カレがいたという事実が、その可能性を排除させていた。けれどよく考えてみれば当時のふたりは高校生だ。身体の関係がなかったとしても不思議ではない。

「ち、違います」

「嘘をつかないでほしい」

「嘘じゃ……ないです」

消えそうな声で答えながら、壁や天井にせわしなく視線を飛ばす。その狼狽《ろうばい》ぶりが答えだった。たっぷり十秒間沈黙した後、真琴は「すみません」と項垂れた。和孝とは互いに高校生だったこともあり、最後の一線を越えることなく別れたのだという。

「キスはしたのか」

何をバカなことを訊いているんだと、自分で自分に突っ込む。

「たまに。でもその先には進めなくて」

「……そうか」

キスはしたのかと軽いショックを受ける。恋人同士なのだから当然のことなのに。己の独占欲に驚愕しながら、夕日の校舎をバックに唇を重ねる高校生の図を、頭を振って追い出した。

「そうだったのか……」

だとすれば真琴の異様な緊張感も理解できる。

――初めてなのか。

ふつふつと甘い喜びが込み上げてくるのを感じた。今までつき合った相手の過去が気になったことなど一度もなかったのに、真琴があの元カレに抱かれていないとわかった途端、得も言われぬ歓喜が全身を駆け巡った。

もちろん真琴が過去に何人の恋人とつき合っていようと、この愛が減るわけではない。ただ目の前の柔肌が、あのいけ好かない元カレの毒牙《どくが》にかかっていなかったことは、理人にとって喜び以外の何ものでもない。

「あの、おれ、大丈夫ですから」

「無理はよくない」

「無理なんてしてしません。全然していませんから」

縋りつくような視線が、純粋な愛ゆえだったらどんなによかっただろうと思わずにはいられない。すべては園を守るため。そのために身体を張っているのだ。そう考えると、胸の奥がひりつくように痛む。

「きみの『初めて』にしてもらえるのは光栄だが、今日のところは」

理人はベッドに座位を取る。

「ここにおいで、真琴くん」

「……え？」

「脚を開いて、ここに座って」

戸惑う真琴の手を引き向かい合わせで腿の上に座らせた。最後までしたい気持ちは当然あるが、真琴にはまだその覚悟ができていない。

「えっと……なに、を……？」

真琴が不安げに瞳を揺らす。どうやら兜合《かぶとあ》わせを知らないらしい。

「心配しなくていい。気持ちのいいことしかしない」

桃色の耳朶《じだ》に囁きながら、ふたり分の欲望を両手で挟むように握り込んだ。今放ったばかりの体液で濡れた真琴の幹が、くちゅっと卑猥《ひわい》な水音をたてた。

ぬるぬると根元から先端へ、先端から根元へと刺激を繰り返すと、萎えていた真琴の幹はあっという間に芯を取り戻した。

「気持ちいいか？」

恥かしそうに俯いたまま、真琴がコクンと小さく頷いた。手のひらの中の熱がみるみる張り詰めていく。

「あっ……ぁ……んっ……」

唇から零れる声にふたたび淫猥《いんわい》な色が滲み始めるのにも、そう時間はかからなかった。

ひっきりなしに漏れる甘ったるい吐息に煽られ、理人も昂っていく。

「……やぁ……んっ……それっ」

凶器のようにそそり立った自分の欲望を、真琴のほっそりとしたものと一緒に扱く。感じやすい裏筋をぬるぬると擦り合わせると、真琴はたまらない様子で背を反らせた。

「おっ……と」

倒れそうになった身体を抱き起こし、「肩に手を載せなさい」と囁いた。

「あぁぁ……や……んっ……」

真琴の先端からふたたび溢れ始めた体液が潤滑剤になる。くちゅくちゅといういやらしい音に鼓膜を侵され、ふたりで一気に高まっていく。

「やっ……うたが、さ……っ」

「で……ちゃい、そっ……です」

真琴の声が震える。両肩に真琴の爪が食い込む。

「……一緒にっ……」

「……ぁ……あっ、アアッ！」

手の中で、ドクンと真琴が爆ぜる。少し置いて、理人も精を放った。

力が抜けてしまったのだろう、汗ばんだ真琴の身体がもたれかかってくる。愛しい重みを受け止めながら、理人はゆっくりと仰《あお》向《む》けになった。

腹と胸に真琴の呼吸と鼓動を感じながら、柔らかな髪を指で梳《す》く。園庭で園児と戯《たわむ》れる彼の髪が初夏の風に靡くのを見て、触れてみたいと思っていた。

――ずっとこうしていたい。

この体温を放したくない。込み上げてきた欲望は驚くほど強烈だった。

経験もないのに自らこの部屋に来たいと言った真琴の真意は、おそらく理人の想像通りなのだろう。大切なしいのき山保育園を守りたい一心で、身体を張った。真琴に恋心を抱いているとはいえ、いや抱いているからこそ、その決意につけ込んでしまった。

今の自分は真琴にとって、恋愛ではなく軽蔑の対象だろう。

――けれど。

『計画の中止は難しいが、お互いに歩み寄れるポイントがないか、もう一度考え直してみようと思っている』

あれは決して口から出任せなどではない。真琴はまるで信じていないようだったが、ここ数日ずっと考え続けていたことだった。

プロジェクトの成功とこの恋。どちらも諦めたくない。そう願うのは強欲だろうか。

――いつか必ず振り向かせてみせる。

そのためにもまずは彼と自分を隔てる高い高い壁を、互いにとって最善な形で撤去しなくてはならない。

「真琴くん、さっき言った歩み寄りの話だが、私は本気で――」

「シャワー、浴びてきます」

理人が話を切り出すなり、真琴が身を起こした。あっさりと離れてしまった体温がひどく名残惜しかったが、生々しい痕跡を目にすれば「行くな」とも言えなかった。

結局「後で一緒に風呂に」という理人のプランは遂行されず、初めと同じようにふたり別々にシャワーを浴びた。真琴の部屋着を用意してやらなくてはと思いながらバスルームを出た理人は、彼の姿を見てハッと立ち止まった。

「何をしているんだ」

真琴はすっかり身支度を整えて、リビングのドア近くに立っていた。来る時にかけていたサコッシュまで装着済みだ。

「今日は突然お邪魔してしまって申し訳ありませんでした」

バカ丁寧に一礼する真琴に、理人は眉根を寄せる。突然だったことは認めるが何かを邪魔された覚えはない。ついでに謝られる覚えもない。

「帰るのか」

「はい」

「どうして」

詰め寄るように問うと、真琴は一瞬言葉に詰まり、「ちょっと用が」とあからさまに嘘とわかる言い訳を口にした。

「どんな用だ。今から帰らなくてはならないほど大事な用なのか」

「…………」

真琴は答えず、唇を噛んで俯いた。

「もう遅い。今日は泊まっていきなさい」

俯いたまま真琴が首を横に振る。

「私と同じベッドが嫌なら別の寝室で休めばいい」

「そういうことでは」

「ならばどういうことだ」

思いのほか強い口調で問い質《ただ》した自分に驚き、すぐに「すまない」と謝罪した。

「悪かった。用があるなら、残念だが仕方がないな」

「……すみません」

真琴の声が震えている。怯えさせてしまったのだろうか。理人は気を取り直し、笑顔で告げた。

「そうだ、メールアドレスを交換しよう。SNSのIDも。そうすれば先客がいたおかげでアパートの通路で立ち聞きをするなんていう、不本意な訪問を避けられるからな」

冗談めかして肩を竦めてみせたのに、真琴は硬い表情を崩さなかった。

「真琴くん……?」

「これっきりにしましょう」

消え入りそうな呟きを、聞き違えたのかと思った。

「個人的にお会いするのは、これで最後にしてください」

「なっ……」

なぜ、というたったふた文字が喉に詰まって出てこない。

「意を決したつもりだったんですけど、やっぱりおれには無理でした。ごめんなさい」

意を決した。その意味が心の真ん中に突き刺さる。

くるりと踵を返すと、真琴は長い廊下を真っ直ぐ玄関に向かった。

「待ちなさい」

理人もすぐに後を追う。

「話を聞いてくれないか」

スニーカーに片足を突っ込んだ真琴の肩に手をかけた。

「なんの話ですか」

「なんのって」

「おれがどうしてあなたに抱かれようとしたのか、わかっているんですよね？」

「それは……」

園のため。わかっていても、言葉にしたくはなかった。

「たとえきみが計算ずくで私に近づいたとしても、それでも私は構わない。雅楽川さん、そう言いましたよね。だからおれは……」

真琴は唇を噛み、足元に視線を落とした。

「おれは今夜、一世一代の賭けに出ました。そして失敗しました。あなたに抱かれることで大切なものを守ろうとしたのに、意気地がなくて最後までできなかった。それが死ぬほど情けなくて……死ぬほど悔しいです」

「真琴くん……」

「さようなら」

小さく頭を下げ、真琴は玄関を出ていった。追いかけなくてはと思うのに、足が床に縫いつけられでもしたように動くことができない。

——私は、なんていうことをしてしまったんだ。

真琴が好きだ。その気持ちに嘘はない。

抱いてほしいと迫られた時、戸惑いをはるかに凌駕《りょうが》する喜びに心が震えた。けれど結果として、大切なものを守りたいという彼の心につけ込む形になってしまった。

——一体どうすればいいんだ。

理人は途方に暮れる。真っ暗闇の中に、突然ひとりで放り出されたような気分だ。

ただひとつだけはっきりしているのは、こんなことになってもなお真琴を好きだという気持ちに一切の揺るぎがないということだ。それどころか昨日よりも今朝よりも、強烈に彼を欲している自分がいる。

不意に傍らの花台から、薔薇の花びらがひとひら舞い落ちた。

『可愛い薔薇』

薔薇より何倍も可愛らしい声が、鮮やかに蘇る。

「真琴……」

万にひとつ恋人になれた時は、そう呼んでみたいと思っていた。果たしてそんな日が来るのだろうかと嘆息したところで、リビングに置いたスマートフォンが鳴り出した。我に返って踵を返す。電話は潮田からだった。

『夜分に申し訳ありません』

「構わない。急用か」

『夕方、月曜日の会議の資料の件でメッセージを一件お送りしたのですが、ご覧になった様子がありませんでしたので、ちょっと心配になりまして』

確認すると、五時間ほど前に潮田からメッセージが入っていた。元カレと居酒屋に入る真琴を見かけ、慌てて車を降りた頃だ。普段なら休日であってもメッセージの返信は一時間以内にするように心がけている。五時間も返信しなかったことは初めてで、潮田が心配するのも無理はなかった。

「今気づいた。すまない」

『とんでもない。お休みのところ大変失礼いたしました』

　打ち合わせは一分で終わった。

『それでは月曜日、よろしくお願いいたします』

　電話を切ろうとする潮田を、理人が「ちょっと待て」と呼び止める。

『何か？』

「うん……つかぬことを訊くが、潮田は恋人たちがシェアしたがるアイスというのを知っているか？」

『恋人たちがシェアしたがるアイス、ですか？』

　スマホの向こう側から、あからさまな戸惑いが伝わってくる。

「好きな相手とシェアするアイスがあるらしいんだ」

『大容量のアイスクリームのことでしょうか。昨今では二千ミリリットルとか、四千ミリリットルなどという商品も売られているようですが』

　真琴と俊太の話しぶりから推測するに、その手のものではなさそうな気がする。

「もっと個人的なシェアだ。ふたりで分ける……そう、パッキンとして半分こするらしい」

『ああ、それならおそらくポコピーアイスではないでしょうか』

「ポコピーアイス？」

『ふたつでひとセットのアイスです。ひとりでふたつ食べてもいいのですが、誰かと半分こすることが多いようです』

「おそらくそれだ。どこで手に入る？　丸越デパートで扱っているかどうか至急確認してくれないか」

『恐れながら社長、ポコピーアイスは丸越デパートには置いていないかと』

「なんだって？」

『月曜日でよろしければ私が調達して、オフィスへお届けしましょうか？』

「そうしてもらえると助かる。あ、ちなみに味はチョコ味で頼む」

『お安い御用です』

さすがは潮田、年の功とはこのことだ。

「私的な用ですまないな。領収書は雅楽川理人でもらってくれ」

すると潮田はなぜかぷっと噴き出した。

『百個も二百個も買うのでしたら別ですが、ポコピーアイスくらいで領収書を切ってもらう方が手間です』

聞けばポコピーアイスの価格の相場はひとつ百円前後で、主に小学生以下の子供に人気の商品なのだという。

『孫たちが小さい頃によく買ってやったものです。懐かしいので今回はぜひ私にご馳走させてください』

そう言って笑うので、理人は秘書の好意に甘えることにした。

「頼れる秘書を持って私は果報者だ」

『ポコピーアイスごときでそんな。過分なお言葉、恐縮です』

たとえ百円でも、理人にとってポコピーアイスは「ごとき」などと蔑むことのできない重要な品だ。何せ真琴のロマンを叶《かな》えるための魔法のアイテムなのだから。

月曜日にはポコピーアイスが手に入る。落ちるところまで落ちていたテンションに、若干ではあるが復活の兆しが見えてきた。

「ところで潮田」

『はい、他にも何かご入用で？』

「うん……買い物ではないんだが、潮田は黒魔術というものを使えるか？」

『え？　なんとおっしゃいました？』

「黒魔術だよ。く・ろ・ま・じゅ・つ」

『…………』

長い無言があった。それでも今の理人にとって、頼れる相手は潮田以外にいない。

『お調べできる範囲で情報収集しておきます』

困惑に塗れた潮田の声を残し、通話は切れた。

ふうっと長く重いため息が落ちる。かつて感じたことのない疲労感が全身を襲った。込み入った案件が立て続けに舞い込み、何日も徹夜を強いられても、これほどまでに激しい疲労を感じたことはなかった。身体より心が疲れている。

——つまり、心底参っているんだな、私は。

『これっきりにしましょう』

たったひと言で理人の心を粉々に砕き、去っていった真琴。

——必ず真琴くんの心を取り戻してみせる。アイスでも黒魔術でも、どんな手を使ってでも。

「それはそれとして」

理人は書斎に置いた仕事用鞄から『上原沢ショッピングパーク建設計画』の企画書を取り出してきた。

計画地から、どうにかしてしいのき山保育園の敷地を外すことはできないだろうか。このところ見慣れた地図を穴の開くほど見つめた。しかし何度考えても簡単にはいかないという結論に達する。

唯一の光明はこの計画の選出方法がプロポーザル方式だったことだ。設計案そのものの良否によって事業者を選出するコンペ方式とは異なり、プロポーザル方式では設計を委託するのに最も適していると判断された企業が選出される。つまり『上原沢ショッピングパーク』の建設事業において、適任と判断されたのはウタガワ・プランニングであり、設計案を変更する余地は残されているのだ。

——要は勝ち得た信頼を裏切ることのない結果を残せばいいわけだが……。

雑木林を含めたしいのき山保育園の敷地は、施設予定地の八分の一にもなる。幸い予定地の端に位置してはいるものの、除いてしまえば『上原沢ショッピングパーク』の敷地は歪《いびつ》なものになり、商業施設などの設計から見直す必要が出てくる。

発注者である上原沢市はどんな反応をするだろう。施設やホテルの建設を依頼した建設会社を説き伏せることはできるのか。既存施設の解体を依頼した建設会社はすんなり首を縦に振るだろうか。すでに買収の済んだ他の地権者たちは……。

前途多難にもほどがある。圧倒的に時間が足りない。カードも不足している。すべての関係者を納得させる神の一手が欲しい。ジョーカーでも回ってこない限り、この勝負に勝ち目はないだろう。

——どうしたものか……。

理人は目頭を押さえ、ソファーに深く沈み込むと、そのまま束《つか》の間の浅い眠りに落ちていった。

月曜日、頼れる秘書は約束通りポコピーアイスを携えてやってきた。双子のようにくっついたその氷菓子は、想像していたものよりずっとチープで拍子抜けしたが、真琴のロマンを手に入れたのだと思うと、嬉しくて胸が躍った。

ひとつばかり買うのもなんだからと、潮田が二十個ほど調達してくれたそれを、理人自ら社長室の冷凍庫にしまい込んだ。

「手を煩わせてすまなかったな」

「後でご自宅の方へお運びしておきましょうか」

「そうしてもらえると助かる」

潮田は「かしこまりました」と頷いた。

「スーパーのアイスキャンディーコーナーを漁《あさ》ったのは、一体何年ぶりか。とても懐かしくて楽しかったです。せっかくですから社長、おひとつ召し上がってみてはいかがですか」

「そうだな……」

手を伸ばしかけてやめた。ポコピーアイスを半分こしたい相手は真琴ひとりだけだ。

「いや、今はやめておこう。それよりこっちの袋はなんだ」

潮田はポコピーアイスの他に、もうひとつ紙袋を持ってきた。覗き込んでみると、蠟燭の箱と『それはそれは清らかな水』とラベリングされたペットボトルが入っている。ミネラルウォーターのようだ。

——防災グッズか？

首を捻りながら中身を取り出してみると、蠟燭と水の他に、お香やサーベルナイフ、星と円を組み合わせた奇妙な図形がプリントされた紙が入っていた。理人は目を剝く。

「潮田、まさかこれは」

「私なりにお調べいたしましたが、なかなか奥の深い世界のようでして、どのような道具を揃えればよいのかまだ正解に辿り着けておりません。ひとまず暫定的にそちらの品々を」

やはり黒魔術に使用する道具だったらしい。

「何から何までありがとう、潮田」

潮田の働きに応えるためにも、真琴とプロジェクトの成功、どちらも必ず手に入れなければならない。

「至急、宮坂《みやさか》を呼んでくれないか」

宮坂は『上原沢ショッピングパーク』のプロジェクトリーダーだ。

「かしこまりました」

潮田が短く一礼して去っていく。

市や施工業者を説得する前に、まずはプロジェクトチームのメンバーの意向を訊かなくてはならない。彼らと意思の統一を図らない限り先に進むことはできない。

『子供たちにとって保育園とか幼稚園というのは、第二の家のような場所なんです』

社員の声に耳を貸すことなく、握りつぶしたのは自分だ。今さら何をと鼻白まれるのは覚悟の上だ。部下に頭を下げることになるかもしれないが、一切の迷いはなかった。

「前進あるのみだ」

理人はぐっと強く拳を握った。

＊＊＊＊

「……ちゃん。ちょっと、まこちゃんってば」

「へ？」

「へ？　じゃなくて。つまみは枝豆だけでいいのかって聞いてるの」

「あっ、すっ、すみません。チーズの盛り合わせも」

「もう、やあねぇ、入ってくるなりボーっとして。どうしちゃったの？」

「ホントすみません。ちょっと考えごとしてて」

理人のマンションを訪れてからちょうど一週間。真琴は馴染《なじ》みのバーのカウンターでグラスを傾けていた。

木製の重い扉、薄暗い店内、古びた一枚板のカウンター、そして壁一面に所狭しと貼られたマリリン・モンローのポスター。ここ『Monroe《モンロー》』は、真琴が時折――主に精神的に参った時に――訪れるゲイバーだ。

「まこちゃん、だいぶお疲れみたいね。目の下、隈《くま》がひどいわよ」

ママのマリリンが、小鉢に枝豆を盛りながら肩越しに振り向いた。熊のようなガタイと乙女な心を持つ三十代半ばの店主は、体格に比例する広い心でもって毎度真琴の愚痴を笑い飛ばし、時に手の跡がつくほど背中をバシバシと叩いて励ましてくれる。

別段秘密にしているわけではないが、真琴は周りに自分の性的指向をカミングアウトしていない。単に話す機会がないだけなのだが、「実は」と切り出すハードルはストレートの人間が思っている以上に高い。唯一打ち明けている俊太にすら具体的な相談をするのは憚《はばか》られる。真琴にとって恋愛絡みの相談ができる相手は、今のところマリリンひとりだけだ。

「今年は年長さんの担任なんでしょ？」

「ええ。維月くんから聞いたんですか？」

「御影からよ。維月が『今年もまこちゃんせんせーのクラスになれた！』って大喜びしてたって」

維月の父・慶一がこの店の常連で、しかもマリリンと高校時代の同級生だと知ったのは昨年のことだった。偶然カウンターで隣り合わせた客が、園児の保護者だと気づいた時の真琴の動揺は計り知れないものだった。慶一の方も同じだったらしく、しばらくふたりで呆然と顔を見合わせていたが、明け透けで豪放磊落《ごうほうらいらく》なマリリンのおかげで気まずい雰囲気にならずに済んだ。翌朝からも、慶一はそれまでと変わらない態度で接してくれた。

当時慶一はパートナーの拓人とつき合い始めたばかりの頃だったらしく『御影と拓ちゃんのキューピッドはあたしなのよ』と、マリリンがニヤニヤしていたことを覚えている。真偽のほどは未《いま》だ不明だが、慶一に右手を拓人に左手を預け、間でぴょんぴょん飛び跳ねる維月は、とても楽しそうで幸せそうだった。

その後報告はないが、三本目の枝に登ることができた維月は、拓人の店で無事プリンアラモードを食べることができただろうか。

「オムツのチビちゃんたちと比べたら、年長の子たちの世話は楽なんじゃないの？　来年は小学生になる子たちなわけだし」

「それがそうでもないんですよ。毎日毎日、目が回るほど忙しくて」

「でも仕事は充実してるんでしょ？　仕事は」

「……え？」

「可愛いまこちゃんに、そんなパンダみたいな隈を作らせた男は、一体どこの誰なの？」

あー、やっぱりわかっちゃったかと、真琴は苦笑する。客が抱える恋愛絡みの諸問題に関して、マリリンの嗅覚は猟犬並みだ。

あれから一週間。まだ一週間なのかもう一週間なのか正直よくわからないが、いつになく覇気のない一週間だったという自覚はある。

思いのほか高かった体温、しっとりと汗ばんだ素肌の感触、胸元から立ちのぼる雄の匂い、荒々しい吐息、そして――。ふとした瞬間にあの夜のあれこれが蘇り、そのたびに五感がパニックを起こすのだ。

保育中はなんとか平静を保っているが、ひとたび園の敷地を出た途端、何かがふつっと切れてしまう。ある日は魚を焼こうとしてグリルごと丸焦げに。またある日は左右別々の靴下を履いていって俊太に爆笑された。ついに昨日は自転車で近くのごみ収集所に突っ込んでしまった。幸い怪我はなかったが、さすがに自分が情けなくなった。

『いつまでも、かこのれんあいをひきずってる男は、モテないわよ』

見かねたサヤに諭され、そうか、あの夜のことはもう過去のことなんだなと胸が苦しくなり、保育中にもかかわらず目にうっすら涙が浮かんだ。

――さよならって、言っちゃったんだよな……おれ。

『大切なものを守ろうとしたのに、意気地がなくて最後までできなかった。それが死ぬほど情けなくて……死ぬほど悔しいです』

どうしてあんなことを言ってしまったのか。思い返すたびに頭を抱えたくなる。園を守りたい気持ちに嘘はないけれど、理人に対する恋心は純粋なものだった。それなのに計算ずくで近づいたと思われていたことが、これ以上ないほどショックだった。

——どうにでもなれって、思っちゃったんだよな……。

正直自棄になっていた。園の土地を買収しに来た相手を好きになってしまった。成就が望めないのならいっそ身体だけでも。そう思ってしまったあの時の自分を殴りたくなる。

——しかも土壇場で初めてだって気づかれて……。

無理矢理最後までずることだってできたはずなのに、理人はそうしなかった。そんな真摯な態度にまた惹かれていく自分がいて……。

「あああぁ、もうっ」

最悪。真琴はカウンターに突っ伏した。

「あらやだ。そんなジュースみたいなカクテル一杯でもう酔ったの？」

「早く酔っぱらいたいです……」

情けない呟きを、マリリンは「あははっ」と豪快に笑い飛ばした。

「ケチケチしないでほら、〝泣かせた男は星の数〟のマリリンさんに話してごらんなさい」

別に出し惜しみしているわけではない。真琴はのろりと頭を上げる。

「心配いらないわよ。こう見えてもあたし、この界隈じゃ『守秘義務が服着て歩いてる』って言われるくらい口の堅いオカマなんだから」

マリリンがぐいっと身を乗り出してくる。巨体の迫力に思わず仰《の》け反ると、ド派手なつけ睫毛に縁取られた瞳がふっと温かな色を帯びる。

「誰かに話しただけで、楽になることもあるものよ？」

どうせ誰かに相談したくてここへ来たんでしょ？　などと身も蓋もないことを言わないところがマリリンの優しさなのかもしれない。

真琴はグラスのカクテルをぐいっと飲み干し、理人との出会いから現在までの経緯をかいつまんで話した。マリリンはそのむっちりと筋肉質な腕を組んだまま、黙って最後まで聞いてくれた。

「大体のところはわかったわ。で、どうするの？」

「どうするのって言われても」

どうしたらいいのかわからないから、こうして強くもない酒を呷《あお》っているのだ。

「本当にさよならするつもりなんて、ないんでしょ？」

「つもりはなくてもそうなります」

「なんでよ。その王子はまこちゃんのこと『好きだ』って言ってるんでしょ？」

「それはそうなんですけど」

「要約すると、好きだって告白されて、保育園の件は鋭意検討の所存だって宣言されて、でもってラブラブで抱かれて、アンアン言わされちゃったわけでしょ？」

「だから、ラブラブじゃありません」

アンアンは言わされたかもしれないけれど。

マリリンは自分のグラスにバーボンを注ぎ、ひと口呷った。

「まさかまこちゃん、その元カレとやらに未練があるの？」

「ありません」

真琴はブンブンと首を振った。あの翌日、和孝から謝罪の電話があった。

『俺、思ってたより精神的に参ってたらしい。悪酔いして嫌な思いさせて本当にゴメン』

反省しきりの和孝をそれ以上責めることはしなかった。和孝もよりを戻したいとは言わなかった。彼とふたりきりで会うことはもう二度とないだろう。そう思った。

「じゃ、後はまこちゃんと王子、ふたりの気持ち次第でしょ」

「それはそうなんですけど、でも……」

「デモもクーデターもないでしょうがっ」

マリリンがバンッとカウンターに手をつく。真琴はびくんと身体を竦ませた。

「好きな人が好きだって言ってくれてるのに、何を迷うことがあるの。第一まこちゃん、王子にちゃんと『好き』って言ったの？」

「えっ？」

「えっ？　じゃないでしょ、もう、やんなっちゃうわね。自分の気持ちをきちんと王子に伝えたのかって聞いてるのっ」

「それは……」

「伝えたの？　伝えてないの？　どっちなの？」

まるで鬼刑事の尋問だ。真琴は「伝えてないです」と項垂れた。

「かぁ～～っ」

マリリンは額に手を当てて天井を仰ぎ、その勢いでバーボンを一気に飲み干す。

「スタートラインにすら立っていないってことね」

「今さら言えないですよ。おれも雅楽川さんのことが好きですなんて」

「どうしてよ」

「だって……そんなの身勝手です」

一方的にさよならを告げたのは真琴なのだ。

「身勝手上等。恋愛なんて、しょせん身勝手と身勝手のぶつかり合いなのよ。理性で武装していたらセックスなんて恥ずかしい行為、誰もできないでしょ」

「セッ……」

理人としたあれこれが鮮やかに蘇り、真琴は頬を赤くする。

「人を好きになって、抱きたいとか抱かれたいとか思うこと自体、もう正気じゃないってことなのよ」

さすがは〝泣かせた男は星の数〟と豪語するだけのことはある。メモしたくなるような名（迷）言の連発だ。感心していると、マリリンが「んっ」と手を差し出した。まさかお代を払って出ていけということだろうか。

「おれ、まだ一杯しか」

「そうじゃなくて。スマホをよこしなさいって言ってるの」

「スマホ？」

「まこちゃんが電話できないなら、あたしが代わりに電話してあげるわ、その王子に」

とんでもない提案に真琴はぎょっと目を剝く。

「け、結構です」

「じゃあ自分でする？　結構、結構って言ってる間にね、コケコッコーって夜が明けちゃうんだから。ほら、出しなさいスマホ」

マリリンは太く長いその腕をカウンター越しにぐいっと伸ばし、真琴のシャツの胸ポケットを探ろうとする。

「ちょ、ちょっと待ってください」

真琴は慌ててズボンのポケットを押さえる。

「あらそっちだったのね。早く出しなさい」

「ダメなんですってば」

「何がダメなのよ。四の五の言ってないで――」

「雅楽川さんの連絡先、入っていないんです」

スマホを守るように身を捩りながら告げると、マリリンがようやく攻撃を停止した。

「入ってない？」

「番号、消したんです」

悩みに悩んだ末に理人の番号を消去したのは、一昨日の夜のことだった。アドレス帳に名前があるだけで、ふとした隙に声を聞きたくなってしまう。そんな自分が嫌で、泣きながら消去ボタンを押した。

「王子から連絡は？」

「……ありません」

真琴は俯き加減に頭を振った。

考えてみれば、出会ってから今日までこのスマホに理人から連絡が来たことは一度もない。勇気を出して誘った誕生祝いもあっさり断られてしまった。計算ずくで近づいたなんて、ひどいことも言われた。

そんな状況で「好きだ」と言われても、百パーセント信じることなどできるわけがない。信じられないくせに、電話が鳴るたびに理人からかもしれないと期待してしまう。結局のところ昼も夜も理人のことばかり考えているのだ。そんな自分がいい加減嫌いになりそうだった。

「終わりなんです、もう」

言葉にするなり、じわりと目の奥が熱くなる。唇を噛んで項垂れるとマリリンは「あっそ」と背を向け、傍らに置かれた派手なバッグから自分のスマホを取り出した。

「何してるんですか」

「ウタガワ・プランニングの番号を調べてるの」

「なっ……」

固まる真琴の顔を見ようともせず、マリリンはそのごつい指先で液晶画面を軽やかにタップする。

「ちょっ、マジで何してるんですかっ」

「まこちゃんは終わりだって言っていますけど、本当にそれでいいんですね～って、確認してあげようと思って。とりあえず代表番号でいいかしら」

「じょっ……」

冗談じゃない。真琴はスツールから飛び上がり、カウンターに身を乗り出した。スマホを取り上げようと必死に腕を振り回したが、真琴の太腿ほどもある剛腕によってハエでも追い払うようにブロックされてしまう。

「ホント、やめてくださいっ」

「ちょっと黙って……あー、もしもし、あたし『Monroe』っていうゲイバーのママでマリリンっていう者なんだけど、そちらの社長さんに――」

「余計なことしないでください！」

狭い店内に怒鳴り声が響く。その声に驚くこともなく、マリリンはスマホを耳に当てたままニヤリと口角を上げた。

「そんな大声が出せるくらいの元気があるなら、大丈夫ね」

「……え」

マリリンがわざとらしく音をたて、カウンターにスマホを置いた。ホーム画面が表示されているのを見て、真琴は全身の力が抜けていくのを感じた。マリリンは電話をかけたふりをしていただけだったのだ。

「もう、冗談キツイですよぉ。変な汗かいちゃったじゃないですか」

真琴が睨みつけるのも構わず、マリリンは涼しい顔でカクテルを作り始めた。

「いい、まこちゃん。世の中には取り返しがつくことと、つかないことがあるの。一度失ったらどんなに悔やんでも、二度と戻ってこないものがあるの」

シャカシャカという音の合間に聞こえるのは、普段はふざけてばかりのマリリンの、いつになく神妙な声だった。

「王子はまこちゃんのことが好き。まこちゃんも王子が好き。その事実以外に大事なことってある？」

真琴は黙って首を振る。

「めそめそして何かが解決するなら、いくらでもめそめそすればいいわ。けど恋愛ってそんなもんじゃないとあたしは思う。気力も体力もとことん削がれて、場合によっちゃ大切なものも失って、それでも相手が欲しいのか、それを自分に問うしかないのよ」

「………………」

「最初から簡単に諦めちゃうような人間には、神さまだって仏さまだって味方してくれないわよ。……はい、これはあたしの奢り」

静かに差し出されたカクテルに、真琴は俯けていた顔を上げた。鮮やかなオレンジ色のそれは確かマリリンオリジナルカクテルのひとつだ。以前にも作ってもらったことがあるが、爽やかな口当たりの優しい味だった。カクテル言葉は……。

――あの素晴らしいデカマラをもう一度。

マリリン作のカクテル言葉はどれもこれも強烈で、一度聞いたら忘れられない。独特すぎるカクテル言葉を思い出し、真琴は思わず口元を緩める。

「こんな夜は、深酒すると悪酔いするわ。それ飲んだら帰りなさい」

「……はい」

真琴は叱られた幼子のように小さく頷き、オレンジに輝くカクテルグラスを手にした。ここへ来てよかったと心から思った。

飲み終わる頃、別の客が入ってきた。マリリンに言われるまでもなく、真琴は真っ直ぐ帰宅することにした。最寄り駅で電車を降り、駅前の喧騒を抜け、薄暗い住宅街をほろ酔いで歩く。見上げた夜空に瞬く星があまりにも美しくて思わず見惚れた。

「雅楽川さん……」

――一体おれは何をしているんだろう。

『私は、きみが好きだ』

真っ直ぐな瞳で告げられた時、呼吸を忘れるほどの衝撃を受けた。住む世界が違うと諦めていた王子さまが自分みたいな庶民を好きになってくれるなんて、想像もしていなかったから。

――本当は、すごくすごく嬉しかったんだ。

諦められるわけなんてないのに、まだこんなに好きなのに、その気持ちを受け入れることが怖い。理人への恋心を認めれば、それはすなわち園の仲間や園児たちを裏切ることになるのだ。

どちらも大切で、どちらも愛しくて、絶対に失いたくない。だからこんなに苦しい。

——雅楽川さんはどうなんだろう。

『計画の中止は難しいが、お互いに歩み寄れるポイントがないか、もう一度考え直してみようと思っている』

少なくとも理人は恋と仕事、どちらも諦めるつもりはないようだ。けれど本当にそんなことができるのだろうか。専門家ではない真琴には、どれくらい希望が持てるのか、可能性が残されているのかまるで見当もつかない。

期待した結果、落胆して傷つくのが嫌だった。だから背を向けて逃げた。

——でも雅楽川さんは……。

もしかしたら今この瞬間も、必死になって計画の見直しに取り組んでいるのかもしれない。理人を本気で好きなら、園の未来と同じくらい大切に思っているのなら、逃げている場合ではないんじゃないか。たとえ可能性が一パーセントも残されていなくても、ゼロにならない限り諦めちゃいけないんじゃないか。理人がそうしているように。

『最初から簡単に諦めちゃうような人間には、神さまだって仏さまだって味方してくれないわよ』

酒に焼けたマリリンの声が蘇り、真琴はのろりと足を止めた。

理人の連絡先は消してしまったけれど、ウタガワ・プランニングの場所はわかる。月曜日の仕事が終わったら、その足で直接理人を訪ねてみようと思った。

『入った〜！　入りました〜！　なんという幕切れでしょう！　逆転サヨナラ満塁ホームランです！』

窓を開け放っているのだろう、ブロック塀の向こうからテレビの野球中継が聞こえてきた。家主がパチパチパチと拍手をしている。

——そうだ。まだ終わったわけじゃないんだ。

逆転サヨナラのチャンスは、最後まで試合を放棄しなかった者にしか訪れない。

理人に会ったら、最初に一番大切なことを告げよう。

「おれも、雅楽川さんが好きです」

真琴は呟き、誓いを立てるようにすっかり夏に近づいた星座を見上げた。


「まこちゃんせんせ〜、あのね〜」

「どうしたの？　ホノちゃん」

「あのね〜、せんせ〜、あのね〜」

三歳のホノカの話は、いつも「あのね〜」からなかなか進まない。

「まこちゃんせんせい！　リョウくんがブロックのみどりいろ、かしてくれない！」

その間にシンタロウが、涙目で訴えてくる。

「リョウくんに、ダメだよっておこって、まこちゃんせんせい！」

「ねーねー、まこちゃんせんせ、ひまわりってどうやっておるの？」

折り紙を手にマノが駆け寄ってくる。ホノカの手を握り、シンタロウにシャツの裾を引っ張られ、マノにとうせんぼをされ、真琴はため息をつく暇もない。

「ちょ、ちょっと待ってね。順番にお話を聞くからね」

保育士は、時として聖徳太子《しょうとくたいし》でなければならない。理人は以前、四方八方から飛んでくる園児の要求に手際よく対応する真琴を『完璧なオペレーション』と絶賛し、自分の秘書にならないかとまで言ってくれた。

――あれからひと月ちょっとか……。

懐かしさと一緒に込み上げてくる苦い塊。この恋の行く手は今のところ断崖絶壁だ。

給食の時間が終わった直後、予想外のことが起こった。理人が園長を訪ねてきたのだ。何も知らされていなかった真琴は激しく動揺し、廊下で片手を上げた理人に思い切り背を向けてしまった。

今日の仕事が終わったらウタガワ・プランニングを訪ね、自分の本当の気持ちを伝えようと思っていたのに。あまりに突然すぎて、失礼な態度を取ってしまった。

――挨拶くらいちゃんとすればよかった。

自分の周りだけ、空気がどんよりと澱んでいくような気がした。

どうしたら上手くいくのだろう。すべてが上手くいく方法なんてあるのだろうか。抗《あらが》っても抗っても思考は悪い方へ転がっていく。

——だってこんなに誰かを好きになったの、初めてなんだ。

感傷の沼に引きずり込まれそうな時だ。

「まこちゃんせんせっ！　たいへん、たいへん！」

維月が息を切らして園室に駆け込んできた。園児の「たいへん」の九割は真に受けなくて大丈夫なのだが、維月はむやみにふざけたり、誰かの気を引こうと大袈裟《おおげさ》な表現をするタイプの子供ではない。

「どうしたの、維月くん」

「あのね、のぼっちゃったの、上のほうまで、圭太くんが」

「すっごい上のほうまで、のぼっちゃったんだよ！　あのね、賢人くんがね——」

「登っちゃった？」

「賢人くんも登ってるの？」

真琴は目を剝いたが、維月は首を横に振った。

「違うよ。のぼったのは、圭太くんだけ」

維月の話を聞きながら、真琴はもう立ち上がっていた。この保育園で園児たちが「登る」ところといえば園庭の椎の木以外にない。

「まこちゃんせんせい、はやくはやく。圭太くん、おっこちちゃう」

「え？　圭太くんおっこちそうなの？」

「うん。こうやってる」

維月が何かにしがみつく真似《まね》をしてみせた。

――枝にしがみついてるのか。

一体全体なぜそんなことになったのか。経緯はわからないが、ともかく事態は一刻を争うらしい。真琴は大急ぎで園室を飛び出した。廊下に出ると、椎の木の下に数人の園児の姿が見えた。

「圭太くん、がんばれ！」

「いま、いっくんが、せんせいよびにいったから！」

園児たちが口々に叫んでいる。その中には賢人の姿もあった。真琴は無言でスニーカーに足を突っ込むと、園庭の中央に鎮座する椎の木に向かって駆け出した。

――マズイな。

厚い雲に覆われた空から雨粒が落ち始めていた。雨が降ると枝は滑りやすくなるため、今日は木登りをしないことにしていた。そもそも保育士のいない間に登ることを園では固く禁止し、約束を徹底しているのだが、今はそんなことを言っている場合ではない。

「まこちゃんせんせ、はやく！」

真琴に気づいた賢人が振り返り、手招きをした。

「今行く！　圭太くん、頑張れ！」

——間に合ってくれ……神さま！

しかし椎の木まであと数メートルのところに来た時、椎の木がざわりと大きく揺れた。同時に「きゃあ！」「うわあ！」という子供たちの悲鳴が耳に届く。

万事休す。そんな言葉が浮かんだ瞬間だった。

園の東側にある小道の方から、突然誰かが飛び出してきた。

黒いスーツ、黒い革靴、ダークブロンドの髪。見紛うはずもないその姿に、真琴は息を呑む。

「雅楽川さん！」

真琴の叫びと同時に、理人は目にも留まらぬ速さで椎の木の下に滑り込んだ。次の瞬間、枝から園服姿の圭太が落ちてくるのが見えた。なぜかその手に虫かごを抱えている。

——あれは、賢人くんの虫かご……。

落下してきた圭太を間一髪抱き止めた理人は、勢いのまま雨に濡れ始めた園庭をゴロゴロと転がり……止まった。

「圭太くん！　雅楽川さん！」

真琴はふたりの無事を確かめようと駆け寄った。

「いてて……あ、王子」

理人の腕から抜け出した圭太が、ひと足先に立ち上がる。

「圭太くん、大丈夫？　どっか怪我してない？」

「どっこもいたくない。王子、ありがとう」

緩衝材のウッドチップをあちこちにくっつけていたが、圭太はかすり傷ひとつなかった。

「よかった……本当によかった」

ホッと胸を撫で下ろしていると、理人がようやく上半身を起こした。

「園長に資料を渡して帰ろうとしたら、園庭の方から悲鳴が聞こえたんだ。覗いてみたら彼がまさに落ちる寸前だった」

「そうだったんですか……」

ありがとうございますと言う前に、園児たちがわらわらと寄ってきた。

「わあ、王子だ！　王子がまた来た！」

予期せぬ王子の登場に歓喜した子供たちが、あっという間に理人を取り巻いてしまった。

「ねーねー王子、またあそびにきたの？」

「ちがうよ、この人は王子じゃなくて、しゃっちょさんだよ」

「ちがうよ、圭太くんたすけたから、せいぎのみかただよ」

騒ぎ出した園児の輪の中で、理人がすっと手を伸ばした。引っ張って立たせてくれという意味らしい。真琴がおずおずと差し出した手をぐっと強く握り、理人がすくっと立ち上がった。大きな手のひらの感触に、ドクンと鼓動が跳ねる。

「あの……」

圭太を助けてくれてありがとうございます。実はあれからいろいろと考えて。やっぱりおれ、あなたとさよならなんてできません。ずっとずっと会いたくて……。

「大丈夫ですか」

ようやく尋ねると、理人は「ああ」と頷いた。

——よかった……怪我がなくて。

ひとまず安堵した時、理人の背後にいたホノカが真琴のシャツの裾を引っ張った。

「あのね～」

「どうしたの？　ホノちゃん」

「あのね～、あのね～、ちー出てる」

「ちー？　おしっこ？」

首を傾げると、ホノカはふるふると首を振り、理人の後頭部を指さした。

「ちやう。ホノじゃない。王子さま、ちー出てる」

「え？」

真琴と顔を見合わせながら、理人は自分の後頭部に右手をやり、ゆっくりと目の前に持ってきた。その手のひらを見た瞬間、真琴は思わず「あっ」と声を上げた。

「ああ、なんだか痛いと思ったら、ちょっと擦り剝いてしまったようだな」

理人は大したことなさそうに苦笑してみせたが、真琴は血の気が引いていくのを感じていた。理人の手のひらには真っ赤な血液がべっとりとついていたのだ。

慌てて後頭部を見てみると、項《うなじ》を伝った血が白いワイシャツの襟を赤く染めている。ちょっと擦り剝いたなどというレベルでないことは明らかだった。

「雅楽川さん、こっちに来てください！　血がっ、血がいっぱい」

「慌てなくていい。しばらくこうして押さえていれば」

「ダメです。はっ、早くこっちに！」

真琴は理人の腕を取り、強引に園舎へ誘った。

「大袈裟だな、きみは」

理人はのろのろと歩きながらハンカチを取り出し、後頭部に宛がった。そのハンカチもあっという間に赤く染まってしまう。

「木の幹にちょっとばかり頭を擦ったのは気づいていたんだ。どうやら思ったより深く切れてしまったようだな」

理人は淡々としているが、真琴はとても冷静ではいられなかった。しっかりしなくてはと思うのに、手足が痺《しび》れたようになって言うことを聞いてくれない。

「俊太先生！　タオル持ってきて！　早く！」

震える声で、真琴は叫んだ。

「まこちゃん先生、どうしたんっすか？」

園室から顔を出した俊太は、理人の姿にぎょっとしたように目を剝いた。

「どうして王子が？」

「怪我したんだ！　園長先生呼んで！　あと救急車も！」

真琴のただならぬ叫びに、あちこちの園室から職員が次々飛び出してきた。いち早く駆けつけた園長は、理人の出血に気づくなりその表情を凍りつかせた。

「大変、すぐに救急車を」

「それには及びません。ちょっと受け身に失敗してしまっただけです。大した怪我ではありませんので、救急車は必要ありません」

理人が苦笑する。園長は硬い表情のまま「わかりました」と頷いた。

「タクシーを呼びますから、すぐに病院へ」

「お手数おかけします」

理人も園長も冷静だ。なぜそんなに落ち着いていられるのか、真琴には理解不能だった。

「ダ、ダメです。救急車を……早くっ」

「落ち着きなさい、真琴くん」

「だって、血が、こんなに」

血はワイシャツの肩口まで汚し、なお止まる気配がない。

「どうしよう……こんなに血が」

手足がぶるぶると震えて、立っていられなくなってしまった。廊下に胡坐《あぐら》をかく理人の傍らにへなへなとしゃがみ込んでしまった。

「大丈夫か、真琴くん」

理人の問いにも、首を振ることしかできなかった。もしもこのまま理人の身体からすべての血が流れ出てしまったら――。恐ろしい想像に全身が震えた。

「い……嫌だ、そんなの」

「きみこそ大丈夫か。顔が真っ青だぞ」

理人は血に汚れていない左手を、真琴の頬にそっと当てた。

怪我をしているのは理人の方なのに。労《いた》わるような優しい瞳で見つめられ、ずっとこらえていたものが一気に溢れ出した。

「死なないで……雅楽川さん」

頬を伝う涙が、理人の指先を濡らした。

「死なないで……お願いだから」

泣き出した真琴に、理人がふっとその目元を緩めた。

「バカだな。この程度の傷で死ぬわけがないだろ」

「だって……だって」

幼子のようにしゃくり上げる真琴の頬を、理人の手のひらが優しく擦る。

「なぜきみが泣くんだ」

「……だって」

「よかったら聞かせてくれないか」

甘い問いかけにのろりと顔を上げた時、廊下の端から「タクシーが来ました」と園長の声が飛んできた。「はい」と短く答え、理人が立ち上がる。

「真琴くん、きみも来てくれないか」

「……え」

「つき添いはきみがいい」

戸惑いに瞳を揺らす真琴の耳元に唇を近づけ、理人は囁いた。

「ふたりだけで話したいことがあるんだ。いいだろ？」

――雅楽川さん……。

仕事中だということを、一瞬忘れた。真琴は頬を赤くして俯く。

「園長、真琴くんをつき添いにお借りします。――行こう」

一方的に宣言すると、理人は戸惑う真琴の腕を引き、タクシーへと乗り込んだ。

しいのき山保育園から一番近い総合病院の救急外来で、理人は傷の手当てを受けることになった。つき添ってきた真琴は、診察室の外の長椅子で待つように指示された。

病院へ向かうタクシーの中で、園長から事の詳細を知らせる連絡が入った。

圭太が椎の木に登ったのは、賢人のためだった。賢人は毎朝登園すると、園舎に入る前に珍しい虫がいないかと草むらを一巡するのを日課としている。そこで今朝、例の珍しいトンボをふたたび見つけたのだという。

雨が降りそうだから午後は園舎で遊びましょう。給食の時間に先生たちはそう言ったが、賢人の心はトンボのことでいっぱいだった。賢人はその気持ちを圭太にだけそっと打ち明けた。タイプはまったく違うが、ふたりは幼馴染で大の仲良しだ。

『おれたちふたりで、とりにいこうぜ』

『え、でも、おそとに出ちゃいけないってせんせいが……』

『そんなこと言ってると、またどっかにとんでっちゃうぞ。いいのか?』

賢人は『やだ』と首を振った。

『じゃ、きまりだ。いこう』

ふたりは『おトイレ』と嘘をつき、こっそり園室を抜け出した。椎の木の枝で雨宿りしているトンボを見つけたのは賢人だったが、木登りは断然圭太の方が得意だ。親友のためにトンボを獲ってやりたい。圭太はその一心で椎の木に登ってしまったのだという。

『本当になんとお詫びしたらいいのか。重ね重ね申し訳ありません』

タクシーの中で真琴は項垂れ、膝の上でぎゅっと拳を握った。泥団子をぶつけただけでも十分失礼なのに、あろうことか大変な怪我をさせてしまったのだ。ふたりが園室を抜け出したことに何分間も気づかなかった園のスタッフの責任は重い。

『謝る必要はない。彼は私に助けを乞うたわけではない。私が勝手に駆けつけて勝手に下敷きになったんだ。園に戻ったらすぐ彼に伝えてくれ。決してきみのせいではないと』

自分を助けたことで理人が怪我をしてしまった。圭太はきっと気に病んでいるに違いない。今頃小さな胸を痛めているかもしれない圭太を、理人は慮《おもんぱか》っているのだ。

子供はチンパンジー以下。そんな乱暴な持論を堂々と振りかざすのも理人だが、木から落ちそうになった圭太を、身を挺《てい》して助けてくれたのも理人だ。

『帰ろうと園長室を出たところで、園庭の騒ぎに気づいた。気づいたら身体が動いていた。人として当然の反射だ』

理人は淡々と言った。たとえ反射だったとしてもその一瞬、理人は圭太の身を案じたのだ。自分が怪我をするリスクを冒して圭太を救ってくれたのだ。

『何はともあれ、きみの大切な宝物が傷つかなくてよかった。無限の可能性と未来を持った宝なんだろ？　あの子たちは』

『あ……』

初めて会った日、真琴が切った啖呵を、理人は覚えていてくれたのだ。

『あなたにとってはチンパンジー以下かもしれませんが、おれにとってあの子たちは無限の可能性と未来を持った宝です』

――雅楽川さん……。

タクシーの中で交わした会話を思い出していると、担当医に呼ばれた。後頭部を五針も縫う怪我だったが、検査の結果脳にも頸《くび》にも異常がなかったのは不幸中の幸いだった。

「一週間後に抜糸になりますので予約を入れておきますね」

入院の必要はないという医師の言葉に、真琴は胸を撫で下ろし「ありがとうございました」と頭を下げた。安堵のあまり目にうっすら涙が浮かんだ。ところが。

「ただ、ですね」

なぜか医師はちょっと困惑した様子で処置室の方へ視線をやった。白いカーテンの向こうに、治療を終えた理人がいるはずだ。

「何かありましたか？」

まさか余病でも見つかったのだろうか。悪い想像に身を硬くしていると、医師は思いもよらないことを口にした。

「雅楽川さんですが、今、眠っていらっしゃいます」

「えっ？」

医師が言うには、局部麻酔で後頭部の傷を縫合している最中、理人は寝息をたてて寝入ってしまったのだという。

「い、意識不明とかでは」

慌てふためく真琴に、医師は苦笑しながら「違います」と首を横に振った。

「よほどお疲れだったんでしょうね。あんまりぐっすり眠っていらっしゃるので、起こすのも忍びなくて。お時間の都合がつくようでしたら、しばらくそのまま寝かせて差し上げてはいかがでしょう」

幸いこの日の診療は理人で最後なのだという。看護師は「目が覚めるまでつき添って差し上げて大丈夫ですよ」と言い残して去っていった。

厚遇に感謝しながら、恐る恐るカーテンを開けると、頭に包帯を巻いた理人が胸元まで毛布をかけられて横たわっていた。すーすーと、穏やかな寝息が聞こえる。

——雅楽川さん……。

傍らの丸椅子に腰を下ろす。恐ろしく整ったその顔を間近で見つめた。

目の下の隈がひどい。真琴がマンションを訪れた日からまだ半月も経っていないのに、二歳も三歳も老けた気がする。きっと毎日寝食を惜しんで「歩み寄れるポイント」を探してくれていたのだろう。手が切れそうなほどに糊づけされたワイシャツの襟が赤黒く血に染まっていて、真琴の胸はズキズキと痛んだ。

本当はすごく痛かったに違いない。それなのに顔色ひとつ変えないでいてくれたのは、きっとまだ幼い園児たちを不安にさせたくなかったからだ。

「ごめんなさい……雅楽川さん」

本人は無自覚でも真琴にはわかる。理人は本心から子供を嫌ってなどいない。

そして優しい。誰よりも優しい。とびきり優しい。真琴の心は熱く震えた。

「……理人さん」

眠っているのをいいことに、呼びたかったその名を唇に乗せてみた。

「おれも、あなたのことが好きです。大好き……」

囁きながら、真琴はそっと理人の唇に自分の唇を押し当てた。

王子さまのキスでお姫さまが目覚める。世界に数多《あまた》ある王道の物語とは真逆の展開だな、などと考えておかしくなる。理人は誰からも「王子さま」と称されるけれど、真琴はお姫さまなんかじゃない。ちょっとばかり向こうっ気の強い、ただの保育士（男）だ。

自嘲に表情を歪めながら唇を離す。浅ましい未練と闘っていると、理人の目が突然パチリと開かれた。真琴は慌てて数センチの距離にあった顔を遠ざける。

——ま、まさか、気づかれた……？

一瞬ドキリとしたが、理人は定まらない焦点のまま「うっかり眠ってしまったようだ」と呟いた。どうやらキスをされたことには気づいていないらしい。真琴は内心胸を撫で下ろした。

「ご気分はいかがですか？」

「悪くない。なぜきみは……そんな顔をしているんだ」

尋ねながら、理人はゆっくりと上半身を起こした。

「そんな顔？」

鏡がないので、自分がどんな顔をしているのかわからない。

「ひどい顔だ。今まできみを見てきた中で、一番不細工な顔だ」

寝起きの掠れた声で失礼なことを言われ、真琴は思わず苦笑する。

「傷、痛みませんか」

「ああ。まだ麻酔が効いているようだ」

「そうですか……よかった」

安堵の言葉を漏らすと、理人は冬の湖のような美しい瞳を揺らした。

「そんな顔をされると、勘違いしてしまいそうだ」

「……え」

「きみが私に投げつけた『さよなら』を、取り消してくれる気になったのかと」

ドクン、と鼓動が跳ねた。

——そうだ。今度こそちゃんと言わなくちゃ。

理人は今日、園長を訪ねてきた。きっと歩み寄れるポイントについて話し合うためだろう。具体的なプランを提示しに来たのかもしれない。残念ながら大きな進展がなかったことは、さっきの電話で園長から聞いた。目の前の理人の表情が冴《さ》えないのも、怪我のせいばかりではないのだろう。

だからこそ理人の力になりたい。この気持ちをちゃんと伝えて、今度こそ手を取り合って同じ方向を向いて歩いていきたい。

「雅楽川さん、おれ」

ごくんと唾を飲み込み、視線を上げた時だ。ポケットの中のスマホがぶるると震えた。

「出なさい」

理人に促され「すみません」とスマホと取り出す。メッセージは俊太からだった。

『トンボ、無事でしたよ～』

絵文字で飾られた暢気《のんき》なメッセージと一緒に、写真が二枚送られてきた。一枚は賢人の手にした虫かごのトンボを熱心に見つめている園児たちの姿だ。あんな騒ぎがあった直後だが、みんな元気そうでホッとした。

もう一枚は、三度目の正直でやっと捕獲されたトンボのアップだった。

「なんの写真だ？」

理人が覗き込む。

「トンボ、無事だったそうです」

スマホの画面を向けると、理人は素っ気なく視線を外し「何よりだ」と肩を竦めた。昆虫にはまったく興味がないらしい。

いかにも理人らしい反応に苦笑した時だ。処置室のドアがノックされ、潮田が入ってきた。真琴はソファーから勢いよく立ち上がった。

「会計は済んだのか」

理人の問いに、潮田は「はい。つつがなく」と頷いた。

場合によっては訴訟なんてこともあり得るかもしれないと覚悟していたのに、潮田は治療費すら受け取ってくれなかった。それどころか以前と変わらない飄々《ひょうひょう》とした様子で
「またお目にかかれましたね」と微笑みかけてくれるのだ。

――いい人すぎる……雅楽川さんも、潮田さんも。

胸の奥がじんと温かくなった。

「おやおや、これはまた珍しいトンボですねえ」

写真を表示したままの真琴のスマホを、潮田がひょいと覗き見る。

「園庭に飛んでいたのを園児が捕獲したんです。潮田さん、トンボに詳しいんですか？」

「威張れるほどの知識はございませんが、子供の時分、昆虫採集を趣味にしておりましたので多少は」

そう言いながら、潮田は興味津々といった目でスマホの写真に見入った。

「これは、もしかすると新種かもしれませんね」

「新種？」

真琴も写真に顔を近づけた。トンボにしてはずんぐりとした黄褐色の腹部。黒褐色の斑点。翅《はね》の縁紋《えんもん》付近にある黒い点。特徴は先日取り逃がしたあのトンボと同じだった。

「トンボに詳しい園児が、ヨツボシトンボじゃないかって言っていましたけど」

「確かにヨツボシトンボに酷似していますが、翅の形が少々異なります」

そういえば賢人も同じことを言っていた。図鑑でも見たことがないと。

「新種だとすればかなり希少な種になるかと」

「そうなんですか」

「ええ。しばしば翅のこの黒褐色斑が広がった個体が発見されることがあるのですが、それはプラエヌビラ型と呼ばれておりまして新種ではございません。またベッコウトンボという別のトンボとの交雑個体も報告されておりますが――」

「潮田」

嬉々《きき》として語る潮田を尻目に、理人がベッドから下りる。すっかり目が覚めたようだ。

「盛り上がっているところ悪いが、トンボ談義はまたの機会にしてくれないか。夜の懇談会に間に合わなくなる」

潮田は慌てたように口に手を当てた。

「申し訳ございません。初めて見るトンボについ興奮してしまいました」

「先方へ連絡は」

「十九時からに変更していただきました」

理人は腕時計を確認し「わかった」と頷いた。今日は家でゆっくり休むようにという医師の忠告を守る気はさらさらないらしい。

「着替えはこちらです。スーツは二着。ワイシャツとネクタイは三種類ずつご用意いたしました」

潮田がカバーに包まれたスーツと紙袋を掲げた。

「あと十分ほどで社の車が参ります。到着次第、運転手の佐藤《さとう》が連絡をよこすことになっておりますので、急いで着替えを」

苦しゅうないとばかりに理人が頷く。本当によくできた秘書だなあと感心しつつ、真琴の目はスマホのトンボに釘《くぎ》づけになっていた。

——もしこれが本当に新種だとしたら……。

「真琴くんも一緒に乗っていきなさい。遠慮は無用だ」

――希少な種のトンボだとしたら……。

「真琴くん」

「…………」

「おい、真琴くん」

理人の声に、真琴はハッと顔を上げた。

「このトンボがどうかしたのか」

理人は訝るように、真琴とトンボを交互に見やった。

「これがもし、本当に希少な新種だとしたらどうなりますか」

「どう、とは?」

理人が眉根を寄せる。「あっ」と声を上げたのは潮田だった。

「このトンボは、おそらくしいのき山保育園に隣接する雑木林に生息していると思われます。もしも、万にひとつではございますが、これが学術的に貴重な新種だとなれば……」

真琴の言わんとすることをようやく理解したのだろう、今度は理人が「あっ」と小さな声を上げた。誰からともなく三人は顔を見合わせる。

「潮田。お前は確か――」

「はい。出身は法学部ですが、生物学系の研究室に足繁く出入りしておりまして、その頃の恩師や研究員たちと現在も交流がございます。昆虫学、中でもトンボを専門分野としている教授とも懇意にしておりますが」

潮田がにやりと笑う。応えるように理人が深く頷いた。

突如として事態が動き出す。

真っ暗なトンネルの中で、遠くに瞬く小さな明かりを見つけた。

——ああ、神さま……。

無宗教の真琴だが、胸の前で手を組まずにはいられなかった。

「真琴くん、その写真を私のスマホに送ってくれないか」

「はい。もちろんです」

真琴のスマホに、ふたたび理人の連絡先が登録される。ただのデータでしかないのに、ほんの少しだけスマホが重くなったような気がした。

——どうかサヨナラホームランを打たせてください。

目を瞑《つぶ》り、神さまに祈る。

その横で理人が「ジョーカーが手に入ったかもしれない」と呟いた。

賢人が見つけたトンボは新種である確率が高い。しかもかなり希少な種である可能性がある——。潮田が懇意にしている昆虫学の教授は概ねそのような判断を下した。無論今後本格的に研究を重ねた上に論文を執筆し、同じ分野の研究者の査読を経た後ようやく新種だと認められるのだから、まだまだ先の長い話なのだが。

そもそも昆虫の新種は、論文として発表されているものだけでも一年間に二万種、日本でも五百種前後にも上る。その界隈の人間にとっては刺激的なニュースでも、新種のトンボの発見に大興奮する一般市民は少ない。

とはいえ「四歳の保育園児が」「商業施設建設予定地で」それを発見したという事実はそれなりにセンセーショナルだったらしく、しいのき山保育園は地元放送局の取材を受け、その様子は夕方のローカルニュースで放送された。特段大きなニュースもなかったこともあり、どの放送局も結構な時間を割いてくれた。

賢人は「四歳の昆虫博士」としてインタビューを受け、拙《つたな》い口調ではあるがとても誇らしげに捕獲の経緯を語った。椎の木に登ってくれたのが幼馴染の圭太だったと話すその横で、照れたように頭を掻く圭太の姿が微笑ましかった。地域枠とはいえテレビの力は絶大で、しいのき山保育園と隣接する雑木林は「新種のトンボの生息地」として保護されることになり、『上原沢ショッピングパーク』の建設予定地から外されることが決まった。

晴れてしいのき山保育園を守ることができたのは喜ばしいことだが、ウタガワ・プランニングには大きな痛手なのではないかと心配する真琴に、理人が電話で話してくれた。

『コリドー型のショッピングモールの中央に、大きな椎の木を植えようと思うんだ。木のてっぺんは三階建てのモールの屋上に届く。当初の計画を変更して屋上を空中公園にする』

しいのき山保育園が予定地から外れ、予定より狭くなってしまった公園部分を、ショッピングモールの屋上に再現するのだという。

『イメージはしいのき山保育園の裏の雑木林だ。上手くいけば本家からトンボや蝶《ちょう》が飛んできてくれるかもしれない。着工は三ヶ月ほど後倒しになるが、社内の反応は上々だ。プロジェクトメンバーもやる気になっている。真琴くんはどう思う?』

もちろん反論などあるはずもない。理人の発想力と手腕に感激しつつ真琴は『素敵だと思います』と頰を染めて呟いたのだった。

「入って」

「はい……お邪魔します」

理人のマンションを訪れるのはおよそ半月ぶりだ。電話やメッセージで連絡は取り合っていたが、寝食を惜しんで計画の見直しに取り組んでいた理人と、直接会うことは叶わなかった。

早く会いたい。今度こそこの気持ちをちゃんと伝えたい。あなたが好きですと。

逸る気持ちを、真琴は必死に押さえつけていた。他でもない大切なしいのき山保育園を守るために、理人は頑張ってくれているのだと。

だから今朝、理人から電話で『これから会いたい』と告げられた時、真琴の鼓動は心臓が壊れるんじゃないかと思うほどに乱れた。嬉しさと同じくらいの不安で、返事をしながら涙が浮かんだほどだ。

迎えの車をよこすというのを丁重に断り、電車を乗り継いでマンションへ到着した。あの時はそんな余裕がなかったけれど、あらためて見上げてその高級感溢れる佇《たたず》まいと空を突き刺すほどの高さに慄《おのの》いた。

玄関を入るなり、真琴は足を止めた。ホールの花台にあの日と同じピンクの薔薇が活けられていたからだ。

——もしかして……。

見上げると、理人はそれが当然だとでもいうように「きみが可愛いと言ったからね」と微笑んだ。嬉しすぎる気遣いに頰を染める真琴に、理人は「さあ早く入って」と囁いた。

リビングも、以前来た時より広く感じる。あの時の精神状態はとても正常と言えるものではなく、部屋を見回す余裕もなかった。

「何か飲むだろう？　何がいい？」

理人は真っ直ぐキッチンへ向かった。

「まだ少し時間は早いが、アルコールはどうだ」

「雅楽川さんと同じで」

などと答えたものの、実のところ「酒お願いします！」という気分だった。

おれもあなたのことが好きですという、そのひと言を伝えたくて、伝えられなくて、気づけば半月以上も経ってしまった。手をつけられないほど膨れ上がっていく「好き」と反比例するように、想いを告げるための勇気は、日を追うごとに勢いを失くしていった。

——ここはひとつ、アルコールの勢いを借りて……。

ソファーに腰を下ろしてそんなことを考えていると、キッチンから「うわっ」という理人の声が聞こえてきた。

「どうかしましたか？」

慌ててキッチンに向かった真琴の目に飛び込んできたのは、予想外の光景だった。

冷蔵庫の前に理人がぺたんと尻餅をついている。その周りにはたくさんのポコピーアイスが散らばっていた。冷凍庫の扉が開いているところを見ると、さしずめ氷でも取り出そうと開けた途端、中に詰まっていたアイスが雪崩を起こしたのだろう。

——ていうかなんでポコピーアイス？　しかもチョコ味ばっかり。

「大丈夫ですか——うわっ」

アイスを拾うのを手伝おうと踏み出した真琴は、キッチンの隅に置かれていた紙袋を蹴《け》飛《と》ばしてしまった。

「すみません」

何か壊してしまわなかったかと、慌てて袋を覗き込む。入っていたのは蠟燭、お香、サーベルナイフ、それに星と円を組み合わせた奇妙な図形がプリントされた紙。それらの下には『それはそれは清らかな水』というラベルが貼られたミネラルウォーターらしきペットボトルが数本入っている。

——防災用品かな。

それにしては妙なものも混じっている。真琴が首を傾げていると、理人が慌てたように立ち上がり、紙袋を持ち上げた。

「潮田のやつ、こんなところに置いて」

ぶつぶつと呟きながら、理人はそれを食品庫らしき扉にしまい込んだ。社長宅へ防災用品を届けるなんて、潮田はかなりの世話焼きらしい。

「雅楽川さん、ポコピーアイス、好きなんですか」

しゃがみ込んで一緒にアイスを拾いながら尋ねた。

「実はおれもチョコ味が一番好きなんです。気が合いますね」

半分に割って食べるタイプのそのアイスは、しいのき山保育園でも夏場のおやつとして園児たちに大人気なのだが、理人とポコピーアイスはどうも結びつかない。

「美味しいのか、このアイスは」

「え、雅楽川さん、食べたことないんですか?」

「ない」

なぜか視線を逸らしたまま、理人は次々とアイスを冷凍庫へ戻す。

「でも、じゃあ、どうしてこんなにたくさん……」

床に散らばったアイスは二十個ほどもありそうだ。冷凍庫は決して狭くはないが、よくもまあこれほどの数を詰め込んでいたものだ。

「玄関の薔薇と同じだ」

手を動かしながら、どこか素っ気ない口調で理人が呟く。

「薔薇?」

「きみがこのアイスに、ロマンを感じていると言うから」

「ロマン?」

一瞬首を傾げた真琴だったが、すぐに気づいた。

『そうか? おれはリホちゃんの気持ち、ちょっとわかるな。あれ、誰かとパッキンして食べる時、「ああ、今同じ味をシェアしているな」って気持ちにならないか?』

『そうかなあ』

『ましてや好きな人と半分こすることになったら、ドキドキするだろうな。あ、ちなみに味はチョコ味がイチオシ』

あの日理人はアパートの通路で、真琴と俊太の会話を聞いていたのだ。

「それで全部チョコ味……」

「買ったのは潮田だけどな」

また潮田だ。いくらなんでも過保護すぎやしないだろうか。

「それにしてもこんなにパンパンに詰め込んであったとは」

突然忙しさが加速したため、今日まで冷凍庫を開ける暇もなかったのだという。理人は最後のひと袋になったポコピーアイスを拾い上げ、ぎっしり詰まったアイスの隙間にねじ込もうとした。

「ちょっと待ってください」

真琴の声に、理人が「ん？」と振り向いた。

「なんだ」

「それ、今食べませんか？」

「……え」

「おれのロマン、今ここで叶えてもいいですか？」

「それは……構わないが」

真琴は戸惑う理人の手からポコピーアイスを奪うと、パッケージを破いてアイスを半分に割った。

「上のところは、歯で嚙んでちぎるんです。こうやって」

片方の口の部分を嚙み切り、もう片方を理人に差し出した。

「私と、半分こしてくれるのか」

アイスを受け取りながら、理人が瞳を揺らす。真琴はこくんと小さく頷いた。

「今おれ、すごくドキドキしてます」

「……なぜ」

「好きな人と……半分こできるから」

「真……」

理人が大きく目を見開く。その手から、アイスがコロンと床に落ちた。

——言った。ついに言った。

ドクドクと、鼓動が鼓膜を叩く。

「あの日雅楽川さんが、おれのこと『好きだ』って言ってくれて、夢かと思うくらいめちゃくちゃ嬉しかった。だっておれも雅楽川さんのこと、す……好きになっていたから。それなのに計算ずくで近づいたと思われていたなんて、すごくショックで……」

「私は」

慌てる理人を制し、真琴は続ける。

「保育園はどんなことをしてでも守りたかった。だから雅楽川さんはある意味、おれたちの大切なものを奪おうとする敵でした。でも、それでも好きになっちゃったんです。あの時はほんの思いつきで、雅楽川さんの誕生日を一緒に祝いたいなって思っちゃって……本当に、ただそれだけだったんです」

「真琴くん……」

何か言いかける理人の前で、真琴はふるふると頭を振る。

「計算なんて何もなかった。信じてもらえないかもしれないけど。計算なんてできなくなるくらい、おれ、雅楽川さんのことが――あっ」

長い腕が伸びてきて、真琴の身体を搦め捕る。

「私が悪かった。きみの純粋な好意を疑って、傷つけてしまった。本当にすまない」

潰れるほど強く抱きしめられ、息が止まりそうになる。

「ほんとですよ。おれ、めちゃくちゃ傷ついて、雅楽川さんが『歩み寄れるポイントを探そう』って言ってくれても、信じること、できなくて」

「悪かった……本当に悪かった。ごめんな」

理人は謝罪を繰り返しながら、真琴の頭を胸に抱き寄せた。ふわりと香る理人の匂いが嬉しくて、甘くて、切なくて、涙がぶわりと溢れた。

「好きになっちゃいけないって、思ってもダメでっ、どんどん好きになっちゃって……」

大きな手のひらで後頭部を撫でられ、嗚咽《おえつ》が止まらなくなる。

「どうせっ……うっ……どうせ結ばれない運命なら、いっそ一度だけって……それを思い出にしようって……」

「きみがそんな気持ちでいたことに気づかなかった私は、本当に最低の人間だな」

優しい腕の中で、真琴は激しく頭を振る。

「雅楽川さんはっ……最低、なんかじゃないっ……優しい、人です」

わが身を顧みず圭太を助けてくれたことを、みんな心から感謝している。園児たちはあれから「社長って言ってるけど、やっぱり王子だよね」と噂している。本人だけが、自分の優しさに気づいていないのだ。

「偉そうだとか世間知らずだとか、陰口を言われることはあるが、優しいなんて言われたのは生まれて初めてだ」

「おれの、大好きな人をっ……悪く言わないでっ……雅楽川さんはっ……おれの、王子さま……だからっ」

手のひらが降りてきて、涙に濡れた頬に添えられる。

どちらからともなく、唇が重なる。

「……っ……んっ……」

キスをするのは二度目なのに、初めてのような気がしてならない。あの夜はその先に待ち受けているさよならばかり意識して、キスの甘さを味わう余裕などなかった。

「……んっ……っ……」

緊張に身を硬くする真琴の歯列を割り、理人がその厚い舌を挿し入れてくる。口腔の粘膜をぬるぬると刺激され、真琴はたまらず「ふっ……」と甘ったるい吐息を漏らした。

──あの時、この舌でイかされたんだ……。

目くるめく夜のことが今さらのように脳裏に蘇り、真琴はカァッと体温を上げた。

「どうした」

「……いえ」

真っ赤になって俯く真琴の前で、理人がすくっと立ち上がった。そしてそのまま真琴の背中と膝の裏に腕を差し込み、ひょいと抱き上げた。

「ちょ、ちょっと、何してるんですか」

「ベッドへ行こう」

突然のお姫さま抱っこに、真琴は慌てふためく。

「お、下ろしてくださいっ」

「却下だ」

「自分で歩けます」

「知っている」

「雅楽川さんっ」

泣きを入れたが、聞き入れてはもらえなかった。

「私はきみの王子さまなんじゃなかったのか？　それともあれは嘘だったのか？」

「嘘じゃありません、けど」

理人は満足げに頷くと、ベッドルームに向かってゆったりと歩き出した。

「私がきみの王子なら、きみは私の姫だ。ただし自らのキスで王子の眠りを覚ます、ちょっと変わったお姫さまだけどな」

「なっ……」

理人の腕の中で、真琴はこれ以上ないほど大きく目を見開いた。

「き、気づいていたんですか」

「大胆なお姫さまは嫌いじゃない」

ニヤニヤと揶揄《やゆ》されて、ますます身体が熱くなる。

「私だけの可愛い姫。頼むからおとなしく運ばれてくれないか」

額にチュッとキスが落とされる。

王子が王子らしく振る舞うと、恐ろしい破壊力を発揮する。手足をばたつかせて抵抗を試みていた真琴は、耳まで赤くしておとなしくなるしかなかった。

壊れ物を扱うような慎重な手つきで、ベッドにそっと横たえられた。

「夢のようだ」

真琴の顔を見下ろす理人は、ひどく感慨深げだ。

「きみとまたこうしてキスできるなんて」

額に、頬に、キスが落とされる。真琴がそこにいることを確かめるように。

「おれも……夢みたいです」

「さよならを告げられた日は、眠れなかった」

「……ごめんなさい」

「謝らなくてはならないのは私の方だ。心ない言葉できみを傷つけてしまって、本当にすまなかった」

真琴は小さく首を振る。あんなに傷ついたのは理人が好きだったからだ。

「とはいえあの時は、私もショックだった」

「あの時？」

「きみが貸してくれたあのユニフォームが、元カレのものだとわかった時だ」

真琴は「へ？」と目を瞬かせたが、すぐに理人の誤解に気づいた。

「和孝先輩はサッカー部でしたけど、あのユニフォームは彼のものじゃありませんよ」

真琴が苦笑すると、今度は理人が「え？」と首を傾げた。

「とっくに別れて何年も思い出すこともなかった元カレのものなんて、取っておくわけないじゃないですか。あれは俊太先生のお土産です」

真琴が苦笑すると、理人の表情がみるみるうちに蕩《とろ》けていく。

「なんだ、そうだったのか。私はてっきり」

早とちりで元カレに嫉妬《しっと》してくれていた。その事実に真琴の心も甘く蕩けていく。

「真琴」

理人が低い声で囁く。ドクン、と心臓が鳴った。

「恋人同士なんだから、これからは真琴と呼んでいいだろ？」

「……はい」

「きみも雅楽川さんなんて他人行儀な呼び方はやめて、名前で呼んでくれないか」

「……いいんですか」

おずおずと見上げると、宝石のような瞳が優しくこちらを見下ろしていた。

「呼んでみてくれ。さあ」

「……人、さん」

「もっと大きな声で」

「理人……さん？」

「疑問符を取りなさい」

真顔で口を尖らす理人は、なんだか子供のようだ。

「理人さん」

心の中では、ずっとそう呼んでいた。

「真琴、愛してる」

「おれも、理人さんが大好き——あっ……」

見た目より筋肉質の体軀がのしかかってきて、ぎゅうっと強く抱きしめられた。

「真琴が欲しい」

鼓膜を舐めるような囁きに、背中がぞわりとした。

「いいだろ?」

耳朶を甘嚙みされながら、真琴は小さく頷いた。

「おれも、理人さんが欲しいです」

「真琴……」

「ずっとずっと、理人さんとこうしたかった。だからすごく嬉しいです」

「怖くはないか?」

「いいえ」

首を振ってみせたけれど、本当はちょっぴり怖かった。理人のそこが、平均的な日本人の大きさをはるかに凌駕していることを真琴は知っている。しかも先日、初めての時はあそこが裂けることもあるというネットの情報を読んでしまった。

「大丈夫です。多少の流血は平気です。逃げたりしませんから」

胸を張る真琴に、理人は「流血？」と目を瞬かせた。

「流血とは血が出るという意味か？」

「他にどんな流血があるんですか」

思わず苦笑すると、理人は「あのなあ」と困ったように眉をハの字にした。

「まあいい。真琴がどんな〝初めて〟を想像しているのか知らないが、私はきみを痛がらせるつもりはない。今夜きみが泣くとしたら、それは流血によってではない。気持ちがよすぎてだ」

自信満々に断言しながら、理人は真琴をうつ伏せにした。そうするといくらか楽なのだという。

よくわからないまま腹の下に枕《まくら》を差し入れられた。理人の前に、尻を突き出す格好になり、心許なさと恥ずかしさが一気に込み上げてくる。

最奥の窄《すぼ》まりや袋の裏側といった、自分でもほとんど目にすることのない場所を、すべて理人の前にさらけ出している。強烈な羞恥《しゅうち》に涙が滲みそうになった時、ベッドサイドで何かごそごそと準備をしていた理人がこちらを振り向いた。

「ちょっとじっとしていてくれ」

「え……あっ、何っ？」

双丘の狭間に、ドロリとした何かがたっぷりと塗られた。

「心配するな。ただのジェルだ」

「ジェル？」

「潤滑剤だ。今夜きみをここへ招待するに当たって準備した」

さすがは敏腕社長。物事に当たる際の準備には余念がない。

「もしかしてそれも、潮田さんに買ってきてもらったりして？」

「まさか。これはちゃんと自分で用意した」

茶化すつもりで言ったのに、真面目くさった顔で返される。

——そういうところが好きなんだけど。

こんな時まで天然な王子に小さく腹筋を震わせていると、くぷっと水音がして、窄まりに理人の指が挿し込まれた。

「あっ……くっ」

いきなりの感触に身を竦めると、理人が「息を詰めないで」と囁く。

「指、入っているのがわかるかい？」

「……はい、あっ……っ……」

「じっくり馴らさないと」

長い指が狭い入り口をぬちぬちと出入りする。

「あぁ……はっ……んっ」

下腹の奥の方から得も言われぬ感覚が込み上げてくる。初めは異物感でしかなかったそれが快感に変わっていくのに、さほど時間はかからなかった。

「や……ぁぁ……」

馴らすためとはいえ、それはもう指の愛撫《あいぶ》だった。内側の粘膜をぬるぬると擦られ、真琴は肉の薄い腰を震わせた。

「痛くないか？」

「ない、けど――あっ」

「どうした」

「いえ、なんでも……あっ」

指で押されると、電流でも走ったようにビクリと感じる場所がある。

「ここか」

理人は目的の場所を発見したように、そこばかりを執拗《しつよう》に愛撫し始めた。

「あっ、そこ、や、やだっ……」

「ここが気持ちいいんだろ？」

「違っ……あぁ……ダメ……」

最初からこんなに感じてしまう自分は、もしかして淫乱なのだろうか。嫌われたらどうしようと頭の中は混乱するのに、声を抑えることができない。

「やめっ、そこっ……」

「なぜ。こんなに感じているのに」

「変に、なっちゃう、から」

「いくらでも変になったらいい。私の手で真琴がいやらしくなるところを、ぜひとも見てみたい」

背後から耳朶を甘噛みされ、低い声で卑猥なことを囁かれる。真琴は枕に額を押しつけ、ふるふると頭を振る。理人は指の愛撫を止めない。

「い、やぁ……」

「こんなに溢れさせて」

理人は空いた手で、真琴の中心にさわりと触れた。恐る恐る覗き込んでみると、先端から溢れた蜜がシーツに大きな丸い染みを作っているのが見えた。

「ごめんなさい……」

羞恥に縮こまる真琴の背中で、理人がふっと笑った。

「指だけでこんなに濡れてくれて嬉しいよ。こっちも一緒にしたら……?」

すでに下腹にくっつきそうなほど昂った幹をいきなり擦りたてられ、真琴は高い嬌声を上げて背中を反らした。

「ああっ！　や……ぁ……」

「真琴の声を聞いているだけで、イきそうだ」

「何、言って……あぁ……」

王子が王子らしくないことを口にするのも、それはそれで恐ろしい破壊力になる。

「その可愛い声を聞かせてくれ」

一番感じるポイントを指の腹でぐりぐりと擦られる。マグマのように込み上げてくる快感に、真琴はシーツを握りしめて耐えた。

不意に理人の指が抜かれた。ずるりというその感覚に物足りなさを覚えるほど、真琴は愛撫に溺れていた。

「なんで……抜いちゃうんですか」

「ずっと指だけでいいのか？」

涼しい顔で理人が尋ねる。

——あ……。

すぐにその意味を察した理人は、枕に額を押しつけたまま首を振った。

「もう少しじっくり馴らしたいところだけれど」

背中から、汗ばんだ身体が覆いかぶさってくる。入り口に押し当てられた硬い熱に、真琴の心は震えた。

「こっちも余裕がなくなってきた」

真琴の前をゆるゆると扱きながら、理人の熱が入ってくる。

「……くっ……」

その圧倒的な質量に一瞬息が詰まったが、丁寧に解されたそこは、ほどなく理人の先端を受け入れた。

「大丈夫か」

「だいじょ、ぶ……」

「辛くないか?」

真琴はがくがくと頷く。

「もっと……奥、まで」

ねだるような声を上げ、真琴は尻を上下に揺らす。

「そんなに焦ると苦しいぞ」

「平気、だからっ……」

辛さも苦しさもない。むしろあまりに性急に高まっていく快感が恐ろしかった。

初めての行為への戸惑いも羞恥も、すべてを凌駕するほどの欲求。自分の中にひっそりと眠っていた本能に、真琴は目眩すら覚えた。

——欲しい……理人さんが……。

早く深い場所で繋がりたくて、気が変になりそうだった。

それなのに理人は真琴の身体を気遣って、じりじりと少しずつしか侵入してくれない。

——もっと乱暴にしてくれてもいいのに。

理人の優しさがもどかしい。

「早く……もっと」

「こう?」

理人は真琴の前を握った手の動きを速めた。

「ち、違っ、あっ」

今そこを弄《いじ》られたら、達してしまう。そう告げる前に、いきなり波が来た。

「ああっ、そこ、ダ、ダメで……あっ、ひっ!」

ビクンと身体が震え、白濁がハタハタとシーツに落ちた。理人の欲望を半分呑み込んだところで、真琴は唐突に達してしまった。

身体からくったりと力が抜ける。はあはあと息を弾ませてシーツに突っ伏した真琴の背中を、理人はその手のひらで愛おしそうに撫でた。

「イく時のきみの声は、本当に可愛い」

「触っちゃダメッて……はぁ……言ったのにっ……」

「ダメと言われると、余計にしたくなる性分でね」

天邪鬼《あまのじゃく》の王子は、真琴の耳元に唇を寄せ「悪かったな」と囁いた。淫猥に湿ったその声は、果てたばかりの真琴の欲望に、いとも簡単に火をつける。

「あの、仰向けになってもいいですか」

「うつ伏せは苦しいか？」

「そうじゃなくて、理人さんの顔を見ながら……その、しっ……したいので」

恥ずかしくて最後は尻すぼみになる。思いがけない提案だったのだろう、理人は一瞬驚いたように目を見開き、それからため息交じりに頭を振った。

「きみは時々、予想外の方角から私に一撃を加えるな」

「え？　――あ、わっ」

いつどんな一撃を加えたのだろう。きょとんと首を傾げていると、理人の灼熱《しゃくねつ》が引き抜かれた。そのままパンケーキでもひっくり返すようにくるりと仰向けにされた。

「真琴……」

熱っぽく潤んだ瞳が、じっとこちらを見下ろしている。

「奥まで入るぞ」

「はい……っ……んっ……」

唇を合わせながら、理人が入ってくる。宣言通り一気に奥まで貫かれ、真琴は「ああっ」と白い喉を反らせた。開かれていく痛みもそこから伝わる熱も、愛されている証《あかし》なのだと思うと嬉しくて胸がいっぱいになる。

「真琴……あぁ」

「理人さん……」

苦しげなその表情は、ぞくりとするほどセクシーだ。

おずおずと背中に手を回すと、内壁を抉る欲望がぐんと質量を増した。

「ああ……あっ……すご……い」

深く、浅く、ふたたびぐっと深く。リズミカルな抽挿に真琴は翻弄される。

「真琴……」

「理人さっ……あぁ……」

手首を強く掴まれ、耳朶を舐め回され、奥をずんずんと突かれる。

「やぁ……ひっ、あっ……」

もっともっと理人が欲しい。身体中が理人でいっぱいになるくらいに。

「気持ちいいか?」

少し掠れた声で、理人が尋ねる。

「いい……すごく……」

真琴はすでに朦朧《もうろう》としていた。

「どこがいい？」

「さっき……指で……あぁ……弄られた、とこ……」

「ここ？」

「ひっ、あっ、ああっ！」

一番感じる場所を熱い先端でぐりぐりと刺激され、真琴はあられもない嬌声を上げる。

「ああ……ダメェ……」

「どうして」

「また、また……イッちゃいそう、だから」

「何度でもイッていいよ」

半分意識を飛ばしながら、真琴はふるふると頭を振る。

「一緒がいい……理人さんと、一緒が」

「真琴……」

もう一度深いキスを交わす。

繋がった場所から生まれた快感が全身に回り、真琴の芯をどろりと蕩かしていく。

「理人さっ……りひっ、あっ……ああっ」

内壁がじんじんと熱を帯びる。あまりの快感に、絡め合った舌や、理人の背中に立てた指の先までもがぴくぴくと震えた。

抽挿が激しくなる。

「ああ……も、もうっ……ああっ！」

ぬちゅっ、と卑猥な音をたてて、理人の先端が最奥を突いた瞬間、真琴は強かに達した。

ほぼ同時に、真琴の中に理人の精がどくどくと注ぎ込まれるのを感じた。

——理人さんと、一緒にイけたんだ。

ふたりの荒い呼吸音だけが、静かなベッドルームを満たす。

息を弾ませて覆いかぶさってくる愛しい重みを抱きしめながら、眦から涙がひと筋伝った。

「幸せ……」

「ん？」

「おれ……今この瞬間、世界で一番幸せです……」

目を閉じたまま呟く真琴に、理人は小さく首を振った。

「それは違うな」

真琴は「え？」と薄目を開けた。

「今この瞬間、世界で一番幸せなのは、きみを手に入れたこの私だ」

自信に満ちた表情で微笑む理人は、やっぱり完全無欠の王子だ。

真琴は小さく笑い、もう一度そっと目を閉じた。うつらうつらと夢の世界に誘われる途中、頰にちゅっと甘いキスが落ちてきた。


「こらあ～、ヒロくん、廊下走っちゃダメって、さっき言ったばかりだろ」

「だってリュウちゃんが、オレのブロックよこどりしたんだもん！」

ブロックを抱えたリュウの後を、半べそのヒロキがバタバタと追っていく。

「まて！　リュウちゃん、ずるいぞ！」

「やだね。オレが先にとったんだもん」

七月第一週。まだまだ梅雨が明ける気配はない。

うんざりするほど続く雨で外遊びに出られない園児たちは、狭い園舎を毎日元気よく走り回っている。

「こら～、リュウくん、ブロックはみんなで順番に使うんだぞ」

マノに折り紙を教えながらじろりと睨むと、リュウは「へへ」と舌を出し、抱えていたブロックの半分をヒロキに差し出した。鶴《つる》の羽を折りながら、真琴はよしよしと頷く。元気がいいのはよいことだが、よすぎると怪我をする。特に男子。

園児にほどほどを求めても仕方のないことだけれど、雨の多いこの時期、園社内での遊び時間は気が抜けない。

「まこちゃんせ～んせ」

どこからともなくサヤが近づいてきて、真琴の肩をポンと叩いた。

「サヤちゃん、どうしたの」

「う～ん、べつにどうもしないけどぉ」

髪をさらりとかき上げる仕草は、ブロックを取り合って廊下をバタバタと走り回る男子共と、同じ年とは思えないほど大人っぽい。

「せんせえの方が、あたしに、なにかはなしがあるんじゃないかなあと思って」

「え、おれが？　サヤちゃんに話？」

なんのことだろう。

「えっと、何か約束とか、してたかな？」

決してわざとではないが、園児との軽い約束をうっかり忘れていることが時々ある。こちらは冗談のつもりでも、園児の方では大真面目だったりするのだ。「明日、一緒に宇宙に行こうね」なんて約束をしてしまって、翌朝「うちゅうに行こうって、やぐぞぐじだのにぃ〜〜！」と号泣されたこともある。

「べつに、やくそくなんてしてない」

「じゃあ、なんだろう」

情けない声で尋ねる真琴に、サヤはやれやれと肩を竦めてみせた。

「あのね、あたしってけっこう、カンがするどいのよね」

「へ？」

「まあ、まこちゃんせんせいくらいわかりやすかったら、あたしじゃなくてもわかっちゃうと思うけど」

「……えーっと」

一体なんのことでしょうと首を傾げて降参する真琴の耳元で、サヤが囁いた。

「あたらしいこい、見つけたんでしょ？」

「なっ……」

まさかの図星に、真琴はぎょっと目を剝いた。

「やっぱりね」

慌てふためく真琴とは反対に、サヤは落ち着いた様子で「だと思った」と微笑みを浮かべる。思わず「どうしてわかっちゃったんでしょうか」と尋ねそうになり、慌てて呑み込んだ。

「そ、そんなふうに、見える？」

「うん。しあわせオーラ、だだもれ」

「ダダ洩《も》れ……」

——そっか。そんなにダダ洩れだったか。

確かにこの頃の真琴は幸せボケしている。寝ても覚めても理人のことばかり考えてしまうのだ。もちろん園にいる間は保育に集中しているが、トイレなどでふと気を抜いた瞬間に、前夜の甘い睦《むつ》みごとがリアルに蘇ってしまい、へらんとだらしなく頰を緩めてしまったりする。

——サヤちゃんに見られてたのかな。

自覚があるだけに焦る。

「えっと、あのね、先生は別に、恋してるとか、そういうわけじゃ」

「まあまあ、てれなくてもいいじゃない」

「て、照れているわけじゃ」

「だいじょうぶ。あたし口はかたいほうだし、みんなに言いふらすとか、そういうこどもみたいなこと、する気ないから」

五歳の保育園児は子供以外の何ものでもないが、言いふらすつもりがないというのは朗報だ。「そうしていただけると助かります」と言いそうになり、また慌てて吞み込んだ。

「言いふらしたりしたら、大さわぎになっちゃうからね」

「………」

理人と真琴が恋人同士になったことは、実はスタッフの間ではすでに周知の事実となっている。理人が病院に運ばれた時の真琴の様子で、そこにいた全員が察したらしい。晴れてつき合うことになったと、俊太にだけそっと報告したのだが、翌日には園長を始めとしたスタッフ全員の知るところとなっていた。

さすがに園児にまでは気づかれていないと思っていたのだが。

――まさか気づいていた子がいたとは。

まこちゃん先生に恋人ができたってほんと？　誰？　ねえ誰？　と園児たちに質問攻めに遭うのは間違いない。しかも相手が王子だとバレたら、ハチの巣を突いたような騒ぎになるだろう。恐ろしい想像に身震いしていると、サヤがさらなる爆弾を落とした。

「あいてが、あの人じゃねえ」

「っ！」

驚きのあまり立ち上がろうとして、テーブルに膝をぶつけた。ガタンと大きな音がして、色とりどりの鶴が床に散らばった。

「痛てて……サ、サヤちゃん、あの、あのね」

「だいじょうぶだって。あたし、そういうことに〝へんけん〟とかないから」

そういう問題なのだろうか。

「こんどは、ふられないよーにね、まこちゃんせ〜んせっ。じゃね」

大混乱の真琴の背中をポンポンと叩き、サヤは友達のところへ走っていってしまった。

「な……なんなんだ、あれは」

五歳だなんてきっと嘘だ。園服を脱いだ途端、真琴と同じ年頃の恋愛経験豊富な女性に変身するに違いない。

「女の子、恐ろしい……マジで」

呆然と呟いていると「まこちゃん先生」と園長の声がして、園室の扉が開いた。

「まこちゃん先生、お客さんですよ」

「……あ」

誰ですかと尋ねる必要はなかった。園長の背後にによっきりと立つ長身のシルエットに、その場にいた園児たちからわっと歓声が上がった。

「あ、王子だ！」

「また来てくれたの、王子！」

「いらっしゃい、王子！」

その声を聞きつけ、他の部屋にいた園児たちもわらわらと集まってきて、俄かに園室が賑やかになる。

「みんな、いい子にしていたか？」

「してたー！」

「まこちゃん先生の言うこと、ちゃんと聞いてるか？」

「きいてる！」

「オレもちゃんときいてる！」

園児たちが口々に答える。理人は満足げに頷いているが、なぜ「まこちゃん先生」だけを名指しするのかと訊かれたら、一体どう答えるつもりなのだろう。真琴は思わず眉間に指を当てて首を振った。

「みんな、雅楽川さんが、またポコピーアイスを持ってきてくださいましたよ。お礼を言いましょう」

園長の言葉に、園児たちは「わーい、わーい」と飛び上がって喜び、「せーの、ありがとうございます！」と可愛い声を合わせた。

あれ以来理人は、しばしばしいのき山保育園を訪れるようになった。おやつの差し入れという名目で真琴の顔を見に来ていることは、スタッフ全員が知っている。

さすがにちょっと気恥ずかしい……と感じているのは真琴だけらしく、当の理人は実に堂々としたものだ。

「せっかくですから雅楽川さんも、ひとつ召し上がっていかれてはいかがですか？」

園長の誘いに「ではそうさせていただきます」などと上機嫌で頷いている。

「ねーねー王子。王子はポコピーアイスが、すきなの？」

「ん？　私自身は特に、ポコピーアイスにこだわりはないが」

理人は「王子」と呼ばれることを否定しなくなった。足腰に群がる子供たちへの対応にもすっかり慣れた様子だ。

「じゃあ、なんでいっつもおみやげ、ポコピーアイスなの？」

「なんでいっつも、ぜんぶチョコあじなの？」

「それはだな」

理人がちらりとこちらに視線をよこした。その目元が甘ったるく緩んでいるのを見て、真琴は慌てた。「それはまこちゃん先生のロマンだからだよ」などとバカ正直に答えはしないかと内心焦っていると、沙織がアイスを配り始めた。

「おれ、つぎはソーダあじがいいなあ」

「あたしは、イチゴあじがいい」

「はいはいみんな、わがまま言わないの。雅楽川さんも溶けないうちにひとつどうぞ」

「ああ、ありがとう」

開封前のポコピーアイスを受け取った理人は、そうするのが当然だとでもいうようにつかつかと真琴の隣にやってきた。園児用の椅子を並べ、ふたりで腰を下ろす。

「今日はどっちがパッキンする？　ちなみに昨夜は私がパッキンしたはずだが」

実はあれから理人は、部屋の冷凍庫にポコピーアイスのチョコ味を切らさない。昨夜もその前も、イチャイチャしながらソファーでアイスを半分こした。コトの後、火照った身体で食べる冷たいアイスは本当に美味しくて——。

思い出したら顔が熱くなってきた。

「どうした真琴。顔が赤いぞ。熱でもあるんじゃないのか？」

「だ、大丈夫です。はい、どうぞ」

急いでアイスを半分に割り、自分の分を口に咥《くわ》えた。火照る身体を冷まそうといつもより強めにチューチューしていると、横顔に理人の視線を感じた。

「どうかしましたか？」

理人は「いや……」と言いながら、こほんと小さく咳をした。

「きみは、保育園でもやっぱりそういう顔でアイスをチューチューしているんだな」

「はい？」

「私の部屋で食べる時と同じ顔で」

「当たり前じゃないですか」

場所がどこであれ、食べているのは同じポコピーアイスなのだ。真琴は軽く笑い飛ばしたが、理人は真顔だった。

「自覚がないのが恐ろしい」

「なんの自覚ですか」

「とにかく今後の差し入れは、ポコピーアイスではなく別のアイスにしよう」

「え、どうしてですか。子供たちみんな楽しみにしてるのに」

「どうしてもだ」

理人はぷいっと横を向いてしまった。

――変な理人さん。

真琴は肩を竦めて苦笑した。

「しかし、ここはいつも賑やかだな」

ポコピーアイスを咥えたまま、理人が呟く。

「理人さんのおかげです」

答える真琴に、理人が「ん？」と振り向いた。

「あなたが守ってくれたんです。この賑やかさとあの子たちの笑顔を。おれのかけがえのない宝物を」

「真琴……」

「あらためて、本当にありがとうございました」

「……そういうことを、ここで言うな」

理人はほんの少し頬を赤くして立ち上がった。

「さて。そろそろ帰るとするか」

「もう帰るんですか」

「きみを押し倒してしまう前にな」

「もう……」

理人こそ、今ここでそういうことを言わないでほしい。

「あれ、王子、もうかえっちゃうの？」

立ち上がった理人に気づき、園児たちがすかさず駆け寄ってきた。

「いつまでもきみたちの相手をしているほど暇ではないからな」

「うっそだあ。しょっちゅうあそびに来てるくせに」

「しゃっちょさんって、ひまなんでしょ？」

「きみらも社長になってみたらわかる。じゃあまたな」

「王子、バイバイ！」

「またきてね、王子！」

園児たちの声援に手を振って応え、しいのき山保育園の王子さまは門を出ていった。

いつの間にか雨が上がっていた。

雲の隙間から差した光が、園庭の水溜まりにキラキラと光っていた。

あとがき

こんにちは。または初めまして。安曇ひかると申します。

このたびは『きみとアイスを半分こ〜傲慢王子な社長と保育士の純愛ロマンセ〜』をお手に取っていただきありがとうございます。自分史上最高に長いタイトルだったのではないでしょうか。タイトル考案能力ゼロの私に、今回もまた担当さんが素敵なタイトルを授けてくださいました。

攻の理人は、園児たちに「王子さま」と呼ばれる完璧なルックス。しかも三十代にして大企業の社長でございます。世にも恵まれたプロフィールなのに、「完全無欠なんて、ゆ・る・さ・な・い♡」とばかりに天然要素をてんこ盛りにしてしまい（悪癖）、あのようなキャラが完成いたしました。完全無欠好きの方、ごめんなさい。

一方受の真琴はしがない保育士です。最初こそ理人の天然っぷりに驚いたり呆れたりと振り回されそうになりますが、途中から持ち前の向こうっ気と本人無意識の色気でもって形勢逆転。理人をぶんぶん振り回しちゃいます。コメディ要素満載のラブストーリー、お楽しみいただけたでしょうか。いつものことながらドキドキです。

お気づきの方もいらっしゃると思いますが、本作は前作『イケメン弁護士のパパはいりませんか?』とちょっとだけリンクしております。スピンオフというほどではありませんが、真琴は慶一の息子・維月が通う保育園の保育士という設定です。前作で「もう一度会いたいです」というありがたいお声をたくさんいただいた維月。本作でも大活躍です。マリちゃんこと金剛寺のお店『Monroe』でのシーンも。『イケメン弁護士のパパはいりませんか?』未読の方はこの機会にぜひ♡

柳ゆと先生。『イケメン弁護士〜』に続いて、本作もまた素敵なイラストをちょうだいし、感謝感激です。カバーラフを拝見した瞬間、あまりの可愛らしさに「ほわあ」と声を上げてしまいました。真琴のエプロンやホイッスルなど、細かいリクエストに応えていただき恐縮です。何より子供たちの生き生きとした表情に、うるうるしてしまいました。本当にありがとうございました。

末筆ではありますが、本作を手にしてくださったみなさまと、制作にかかわってくださったすべての方々に、心より感謝・御礼申し上げます。

ありがとうございました。

いつかまたどこかでお目にかかれることを願って。

二〇二一年　六月

安曇ひかる

本作品は書き下ろしです

安曇ひかる先生、柳ゆと先生へのお便り、
本作品に関するご意見、ご感想などは
〒101-8405
東京都千代田区神田三崎町2-18-11
二見書房　シャレード文庫
「きみとアイスを半分こ～傲慢王子な社長と保育士の純愛ロマンセ～」係まで。

CHARADE BUNKO

きみとアイスを半分《はんぶん》こ～傲慢王子《ごうまんおうじ》な社長《しゃちょう》と保育士《ほいくし》の純愛《じゅんあい》ロマンセ～

2021年7月20日　初版発行

【著者】安曇《あずみ》ひかる

【発行所】株式会社二見書房
東京都千代田区神田三崎町2-18-11
電話　03(3515)2311［営業］
　　　03(3515)2314［編集］
振替　00170-4-2639
【印刷】株式会社 堀内印刷所
【製本】株式会社 村上製本所

落丁・乱丁本はお取り替えいたします。
定価は、カバーに表示してあります。

ISBN978-4-576-21092-6

https://charade.futami.co.jp/